四部要籍選刊·集部

蔣鵬翔 主編

元文類

五

〔元〕蘇天爵 編

浙江大學出版社

本册目録

卷二十八

記

卷二十九

記

卷三十

記

卷三十一

記

卷三十二

序

卷三十三

序

元文類卷之二十八

元　　趙郡蘇天爵伯脩父編次
　　　太原王守誠君實父挍訂

記

檟著記　　劉因

蓍之在檟也寂然不動道之體立所謂易有太極者也及受命而出也感而遂通神之用行所謂是生兩儀兩儀生四象四象生八卦八卦定吉凶生大業者也猶之圖也不用五與十不用云者無極也而五與

十則太極也猶之易也潔静精微潔静云者無極也
而精微則太極也知此則知夫櫝中之蓍以一而具
五十無用而無所不用謂之無則有謂之實則虚也
而其數之流行於天地萬物之間者則亦陰陽奇偶
而已矣故自掛扐之奇而十二之則陽奇而進之不
及夫偶者爲少陰陰偶而退之不及夫奇者爲少陽
而四之則三四五六合夫晝奇全偶半合夫數而晝
亦於是焉合其多少則合其位之陽少而陰多故有
自一進一而爲偶自偶退一而爲奇之象也自過揲

之策而十二之陽奇而退之不及夫偶者爲少陰陰偶而進之不及夫奇者爲少陽而四之則六七八九合夫數奇三偶二合夫畫而數亦於是焉合其多少則合其數之陽實而陰虛故有自一虛中而爲偶自二實中而爲奇之象也蓋掛扐之奇徑一而過揲之奇圍三而掛扐過揲之偶鈞用半也故分掛扐過揲而橫觀之則以陰爲基而消長有漸分四象而縱觀之則亦以陰爲平而低昂有漸其十二之則自右一而二自左二而三其四之則自右三而六自左六而

九如水之流行觸東而復四其消長則其自然之淪
漪其判合則其盈科而後進者也此皆自夫一行邵
子之説而得之知此則知夫誤推一行三變八卦之
象謂陰陽老少不在乎過揲者爲昧乎體用之相因
而誤推邵子去三用九之文謂七八九六不在乎掛
扐者又昧乎源委之分也由此而極其奇偶之變以
位則陽一而陰二也以數則天三而地兩也初變之
徑一而圍三以爲奇者三而得之是以老陽少陰之
數多也後二變之圍四用半以爲偶者二而得之是

以少陽老陰之數少也分陰分陽則初一變皆奇而後二變皆偶也迭陰迭陽則去掛一初一變皆偶而後二變皆奇又如畢中和天地人之說也其變也自一生二二生四而又四之四生八八生十六而言則畫卦之象也自四乘而十六十六乘而六十四則重卦之數也故初變而得兩儀之象者二畫卦之數也再變而得四象之象者四畫卦之數也三變而得八得八卦之象者六畫卦之數也自兩儀之陰陽而言其用數則乾兌離震皆十二而巽坎艮坤皆四也自

八卦之陰陽而合其體數則乾坎艮震三十二而巽離坤兌三十二也自二老二少之陰陽而言其饒乏之數則又如四象之七八九六也六變而得四象之畫則每位之靜變往來得十畫卦之數也又二畫則總其數矣其數也皆靜者爲多變者爲少而一爻變者居中二靜與變皆老陰爲多老陽爲少而二少居中積畫成卦則每卦之靜變往來得十五畫卦之數也又三畫則總其數矣其數也亦皆靜極者爲至多而變極者爲至少而又一爻二爻進退于其間其靜

與變則皆坤爲至多乾爲至少而三男三女進退于
其閒因而重之則每卦之静變往來得三十畫卦之
數也入六畫則總其數矣其進退多少皆與八卦之
例同也此皆自歐陽子七八常多九六常少之一言
而推之與夫後二變不卦不知其爲陰而使二老之
數與成卦同二少之數與二老同而參差益甚其初
一變必鈞不知其爲陽而於乾坤六子之率勉强求
合乃若四十九蓍而虚一與五十蓍虚一而掛二者
固有閒矣此以蓍求卦者也若夫以卦而求變也則

自夫交易已成之體爲變易應時之用由兩儀而上自紆而促八卦循環而其序不亂以遠御近以下統上而皆有文之可尋也以變而求占也則自靜極而左之一二三四五自動極而右之一二三四五極自用其極而一則專其一居兩端而分屬焉二則分其爻居次兩端而分屬焉動則上爻重而靜則下爻重也三則分其卦居中自爲兩端而分屬焉前則本卦重而後則之卦重也動中用靜靜中用動靜多主貞動多主悔而皆有例之可推也然自此而極言之則

以六甲納之其卦之序不亂也以互取之其序有漸而亦不亂也以伏求之其序亦有漸而不亂也以世位反圖而推之則一而二二而四四而八八而十六進退有序逆順以類而不亂也以策數即圖而攷之則在兩儀而一消長在四象而二消長在八卦而四消長在十六而八消長在三十二而十六消長故長中八消消中八長皆震爲巽之消而坤爲乾之消巽爲坤之長而乾爲震之長而不亂也以揲變之數應圖而推之則其多少又合乎一一爲乾八八爲坤以

少爲息以多爲消而亦不亂也是則按圖畫卦揲蓍求卦莫不脗合矣然而朱子猶以大衍爲不自然于河圖而變揲之左可以形右卦畫之下可以形上者又以爲短於龜也其三索之說則一行有成說既取之于本義後復以爲不必然而卦之陰陽之奇偶畫與位合則大傳有明文既著之筮說而不明言于啓蒙是又恐後人求之過巧而每遺恨不能致古人之詳者也若以奇策之數合之圓圖之畫則四十八一卦之畫也其奇之十二卽乾之陰而策之三十六卽

其陽也三十六自九進而得之也九陽也三十六亦陽也全陽也其奇之二十即兌離之陰也而策之二十八即其陽也二十八自七進而得之也七陽也二十八陰也陽合於陰也其奇之二十四則坤所去之半也而策則所用之二十四陰也二十四自六進而進得之也六陰也二十四亦陰也全陰也其奇之十六即艮坎自上所去之十六也而策之三十二即其所用之半并上所餘之八陰也三十二自八進而得之也八陰也三十二陽也陰合于陽也其震巽之不

用則猶乾之不用陰坤之不用陽也其奇策之八方數之變也掛扐之六圓數之變也此邵子之說也然前之奇策之所當陰不若陽之齊後之六八之所應圓不若方之備是必有深意也第未能考而知之又不知朱子之意以爲如何此因櫝蓍而記之至元十年春二月吉日櫝成記

高林孔子廟記

劉因

安肅高林里距吾居五十里聞有孔子廟枉道而拜焉詢其創始復興之由里之耆老劉禎等言廟起于

五代之際久乃廢毀金大定間鄉先生孫直卿率里中豪族盧田劉三氏始脩葺之迄今至元庚辰圮壞幾盡禎劉氏孫也復率盧氏子孫共繼先志經營於其年之春逮明年秋廟貌既尊乃興祭器以祀事告成且爲鄉約春秋釋奠之禮俾可以繼里人自以非學者而祀先聖恐踰禮制請就質焉予按禮釋奠於先聖先師謂學詩書禮樂者各以所習業而祭其先師者也孔子豈詩書禮樂專門其師耶既非詩書禮樂專門之師豈學官所得而私者耶詩書禮樂之官

且不得而私又豈後世俗儒記誦詞章者之所得而私也禮飲食必祭祭先造飲食者也蓋以吾之所以享此者斯人之力也孔子立人道者也今吾之所以爲人君君臣臣父父子子而不淪胥於禽獸之域者其誰之力歟於一飲食而知報其力於此而不知所以報焉惑矣諸君其勉行事無懈禎等曰諾且請書其辭於石併記歲月之始末云

退齋記

劉因

老氏其知道之體乎道之體本靜出物而不出於物

制物而不爲物所制以一制萬變而不變者也以理之相對勢之相尋數之相爲流易者而觀之則凡事物之肖夫道之體者皆灑然而無所累變通而不可窮也彼老氏則實見夫此者吾亦有取于老氏之見夫此也雖然惟其竊是以濟其術而自利則有以害夫吾之義也下將以上也後將以先也止將以富也儉將以廣也哀將以勝也慈將以勇也不足將以無損也不敢將以求活也無私將以成其私也不大將以全其大也柔弱將以不爲物所勝也不自貴將以

貴也無以生將以生也知窪必盈於是乎窪知弊必新於是乎弊知少必得於是乎少知樸素之可以文於是乎爲樸素知谿谷之可以受於是乎爲谿谷知皦之勢必汙盈之勢必溢銳之勢必折於是乎爲嬰兒爲處子爲昏悶晦寂曰忿曰武曰爭曰伐曰矜凡物得以病之者皆闇焉而不出知而示之愚辨而示之訥巧而示之拙雄而示之雌榮而示之辱雖出一言而不令盡其言事則未極而先止也故開物之所始成物之所終皆捭焉而不與而置已於可以先可

以後可以上可以下可以進退可以左右之地方始而逆其終未入而圖其出據會而要其歸閲釁而收其利而又使人不見其跡焉雖天地之相盪相生相使相形相倚相伏之不可測者亦莫不在其術中而況於人乎故欲親而不得親欲疎而不得疎欲貴而不得貴欲賤而不得賤欲利而不得利欲害而不得害其關鍵槖籥不可窺而知其機紐本根不可索而得其恍惚杳冥不可形象而搏執也嗚呼挾是術以往則莫不以一身之利害而節量天下之休戚其終

必至於誤國而害民然而特立於萬物之表而不受其責焉而彼方以孔孟之時義程朱之名理自居不疑而人亦莫知奪之也中山滕君仲禮早以學行知名而爲人則慷慨有才節者也以退名其所居之室既以寧失於有所不爲戒在於無妄之往自銘矣而又請予文以記之余固知仲禮之不爲老氏之退者然亦豈眞失于有所不爲者也夫有所不爲者蔽焉而不知舉變焉而不知通固滞焉而不知所以化而其終亦至於誤國而害民然要之則知不足而已矣

而人亦得而責之而彼亦無所逃其責焉非如爲老氏者之以術欺世而以術自免也予喜仲禮之退而又欲其慎其所以退也故極言二者之失至元丙子八月既望容城劉因記

鶴菴　　劉因

或贄大經鶴二畜庭中遂名其菴鶴一日問予曰子知我鶴名菴也何哉予曰此在我而不在鶴夫樂水者吾見其知之周流同於水也樂山者吾見其仁之重厚同於山也大經之機警高亮游心閑遠發爲文

章清雄婉麗可以鳴一時而傳後世此非同於鶴者乎故聞其聲見其形欣然而悅非鶴可悅也我之同於鶴者使之然也大經曰予之於鶴非但悅之而已也予其爲我更思之予乃顧鶴而歎曰謂大經爲厭世俗之卑隘不可與處思欲高舉遠覽而與此游耶則其心狹矣謂大經爲以巳之軒昂超卓勢利不可得而羈縻之姑引此以自況耶則其心矜矣狹與矜大經不爲也然則名菴之意果安出耶予觀古人之教凡接於耳目心思之間者莫不因觀感以比德託

與喻以示戒是以能收萬物而涵其理以獨靈如黄鳥之章孰不賦之而聖人則曰於止知其所止夫斯鶴之呼之不來長鳴下趨亦常事耳而子瞻乃歎其難進易退蓋亦黄鳥之遺意也由此而推之其遊於陰知養也感夜半識時也鳴則聞於天飛則一舉千里有本也其動也節其鳴也律用和也月白風清徘徊佇立翫此數者於縞衣玄裳之外寧無起予者乎名菴之意或出於此大經曰得之矣至元壬辰冬十月望日記

麟齋記　　劉因

編脩王之才治春秋而專門左氏者也嘗有取於獲麟之義名其所居之室曰麟齋而請予記之夫獲麟仲尼作春秋所書之一事爾而春秋之義非居所係於此者歐陽氏固已言之於前矣然春秋之時仲尼實天理元氣之所在而與濁亂之氣數相爲消長於當時如麟者則我之氣類也其來也固非偶然而來也然而斯氣之在當世者蓋無幾焉在彼之氣足以害之在此之氣不足以養之由麟可以卜我之盛衰

由我可以卜世運之盛衰而聖人固不能恝然於其獲也謂之致麟可也謂之感麟亦可也皆理之所不無者雖在聖人之作春秋因天道人事自成之文從而文之其義皆因事而寓焉安可曲爲一定之說也

雖然子旣有取於麟則吾不得嘿嘿於麟矣夫麟之所以爲麟者乃天地之所以生而人之所以能爲天地之心者也在春秋則聖人所賞之善也在易則聖人所指之陽也而人之所未嘗一日無者也苟自吾身之麟而致之則凡害人者如長蛇如封豕如饕餮

如檮杌莫不消鑠蕩滌於魑魅之域而天下振振皆吾氣湛行之地矣今聖人雖不得盡其所致於當時然其所以扶此抑彼者而斯麟固已麟於萬世矣子之讀春秋者于卽子將思有以麟夫一齊而已也雖然予於聖人剝廬閉關之戒見聖人之拳拳於此乃嘆鳳鳥之不至傷魯麟之致獲之心也嗚呼麟乎又當以聖人之心爲心而自麟其麟也夫

汴梁廟學記　姚燧

自魯哀公十六年當周敬王四十一年壬戌孔子卒

歷六國秦漢至孝武卽位之年辛丑爲三百四十年其間而知者纔司馬遷一人而止耳旣編其年與夫言行出處之槩爲世家又爲弟子傳載其居里問對與夫經事何君又考知其少孔子幾何歲是書皆孔門弟子與孟氏所未著其有功聖門眞非淺淺哉然猶病夫時有不一其說不可參伍者也世家弟子蓋三千焉身通六藝者七十二人而弟子傳則曰孔子曰受業身通者七十有七人皆異能之士也夫旣曰身通六藝矣雖未盡合聖人爲教之本然而猶有所

指名也其曰受業身通竟不發爲所通何業亦晦焉而已耳又曰皆異能之士聖人爲教於以脩叙彝倫而容異能者于其間孔子自言七十有七人則七十二人者誰後是五人耶其爲傳亦多淆亂而無次先顏回曾參而後無繇箴固巳戾於明人倫其甚誤至以闞止子我爲宰予又曰孔子之所嚴事者於周則老子於衞蘧伯玉於楚老萊子於鄭子產於齊晏平仲於魯孟公綽孔子於公綽止稱其不欲與優爲趙魏老子產有君子之道四其他不足孔子者亦多也

老萊子書今存其爲道術尚黃帝老子爲聖人所與者不經見子入太廟每事問況老子周守藏室之史問禮則有之便及見其書曰失道而後德失德而後仁失仁而後義失義而後禮巳不知道德仁義禮根於人心之固有而睎爲世降之不同未必不見黜於孔子況爲其道乎哉惟蘧伯玉寡過未能爲不悖於聖學故與之特深至漢文翁圖石室列之七十二人中亦可灼其非師而實弟子云晏平仲者如遷之言足以暴其人賊賢之罪何也夫人既嚴事乎巳苟於

學術之僻歸宿之差何害於明告告不爲止則隨以不屑之誨始盡夫師弟子之義焉當欲封孔子尼谿之田乃說其君景公曰儒者滑稽不可軌法倨傲自順不可爲下崇喪遂哀破產厚葬不可爲俗游說乞貸不可爲國盛容飾繁登降累世不能殫其學當年不能究其禮非所以移齊俗而先細民也若預憂一旦代有齊政惟懼醜詆之不力焉夫善交久敬報人嚴事之道者固如是乎哉先儒嘗疑晏子尚儉墨子欲貴其道取必於晏子之言不然何爲亦見墨子之

書而遷辯之不明也又自叙曰儒者累世不能通其學當年不能究其禮博而寡要勞而少功由是知二語者非必一出晏子乃遷薄儒素定於胸中不易者也遷嘗適魯徒觀諸生以時鄉飲大射其家迷眩於規規節文之細低回不去以爲是足盡聖人之道斯改經生博士之汨汨以皓首者也豈聖學爲己之切致哉故遂有功於遷而亦有是數者之恨況又甚惑未盡袂於今者耶孔子卒哀公誄之子貢以爲非禮至漢平帝始封謚褒成侯宣尼公蓋王莽假善以收

譽將遂其奸謀也後魏孝文法之謚文宣尼父後周宣帝封鄒國公唐高宗贈太師僞周武氏封隆道公玄宗謚爵文宣王宋真宗加玄聖後易爲至至今遵之焉有若以自生民以來未有盛於孔子誠是言也雖極天下之美謚猶不足萬分一盛德之形容斯燧發其目而不深言者一也杜預春秋傳叙曰子路欲使門人爲臣孔子以爲欺天而云仲尼素王丘明素臣又非通論也斯言爲獲聖人之心而後世王之尭舜二帝也宰我以夫子遠賢尭舜何王之不可居然

後世天子之子有功之臣皆曰王以孔子之聖卒下
比爵於其子臣誠不知其可也斯燧發其目而不深
言者二也其享配諸位善乎柳宗元序道州廟碑曰
從於陳蔡亦各有號言出一時非盡其徒也于後失
厥所謂妄異科等坐祀十人以爲哲豈夫子志哉後
之時進顏孟竝孔子南面別躋曾子以足是十人於
非夫子志中之又非者而江之左又進曾子子思竝
顏孟別躋子張於曾子之舊由孟子而視子思師也
由子思而視曾子又師也子思孔子孫也弟子於師

孫於祖坐而語道者有之非可竝南面燧知四子已
避讓於賓賓中不能一日自安其身一堂之上况又
祀無繇趨鯉於庭其失至於崇子而抑父又非遷之
爲傳矣夫爲是學宫將以明人倫於天下而倒施錯
置於斆筵之地如此奚以爲訓又在在之廟皆泥像
其中北史敢有造泥人銅人者門誅則泥人固非中
土爲主以祀聖人法也後世莫覺其非亦化其道而
爲之郡異縣殊不一其狀短長豐瘠老少美惡惟其
工之巧拙是隨就使盡善亦豈其生盛德之容甚非

神而明之無聲無臭之道也曩長安新廟成繪六十一人與廿四儒於廡畫工病其爲面之同縱人觀之而擇貴臣圖其上蓋肖今人之貌而冠以先賢之名使過而識者抵掌相語曰是某也是某也未見其起敬於他日顧步足來不恭於一時是邪如是孰必其他邪之不爲是一歲再祀第借位於先賢以俎豆夫今之人也其可哉曰是溺習之已然若何而變曰人臣有見上布是區區則可若夫議禮也制度考文也天子司之亦幸一旦遑於稽古之事學禮之臣必有

能策其一二得所當議者矣至元庚寅汴梁新廟成學錄劉元佐爲狀以其府諸公之意求記其由故燧首之以此其狀曰宋建隆中南宮城數里立太學後爲國子監金貞祐都汴國日益蹙大城少兵難守度中宮垣大城爾城之監當城所經弗便也壞而徙之東南大城之下不及屋而亡皇元受多方始爲殿七楹亦廢宮屋也其制度宏麗爲天下甲壬子楊中書忠肅公來董括舟役又壞宮取材以其餘爲門廡至元癸酉故同知宣慰使袁裕時爲是府判官始備講

堂於廟西神庖於堂東鑿池其南勢始卒壁淪汴注
之擬魯頖水殆足觀矣歲月滋久風雨騫屋囷於撐
拄自總管提刑悉捐金割俸起新之總管則權輿於
成其斷手於杜思敬其同力者同知胡某治中益祖
判官完顏某推官姜某提刑使則闊闊都高某副使
王恍僉事劉某始終五十餘年凡資費十二官而後
完富民佐財力以就功者又多也燧曰嗚呼不易乎
哉自今師生之講肄於斯其移學文之力而篤志於
切問近思貴其躬以成德達才而收夫化民成俗之

功於他日斯不孤縣官待多士志矣是歲夏四月前翰林直學士奉政大夫知制誥同修國史姚燧記

澧州廟學記　　　　姚　燧

至元十有四年肇置諸道提刑按察司而澧在山南湖北道所糾郡廿年燧副使是道明年按部至焉拜瞻廟庭未嘗不病其爲制之隘陋也殿南闢曰六經因語校官張公綬曰易書詩春秋其繫定删作實出夫子之手周官雖云周公之書冬官篇亡當以考工記與小戴記禮者皆漢儒豈可與是四經班而爲六

且今四海禮殿皆名大成成爲改書曰金聲玉振之閣後廷議不欲諸道糾郡者錯壤江之北南改爲肅政廉訪澧遂割入江南湖北元貞乙未居民不戒於火廟爲延燒總管是道者故奥屯希魯將復之俾計吏最其學租直纔五千餘緡曰是所謂時詘而舉贏者也乃下令郡士在籍多田者勸之佐爲凡又得萬緡委材集工責校官李寓學正張子仁身敦其役而糾郡諸公如副使賈仁僉事蔣某姚某李庭詠郭貫凡至者必促其成功五年而落之其撫構則稽梓人之

書爲四柱屋古者王居之制也惟太行一山侶之故
曰王屋重門周序講肄之堂合食之舍庖廩之室燕
游之亭秩秩馮馮靡一或遺凡百有三楹周以繚垣
百三十餘丈雖未嘗身見然聞之談者舉以爲可甲
湖之北南諸州豈天者厭昔隘陋火之使改爲耶亦
偶然也又範金爲祭器二百七十有二竹木髹漆之
具三百有四嗚呼備乎哉然嘗思夫子之道之在兩
間無間治亂古今如饑食而渴飲夫婦之愚莫不由
之不可一日而離焉固不以廟之存毀而加汚隆國

家必聚耆英俊髦教育乎是蓋須其成德達才舉而
庸之以立化民成俗之本也則廟學豈不甚有所關
哉地以求之衡之爲州南澧千有餘里南嶽在焉舜
五載一巡狩所也及諸四凶放驩兜於崇山實今澧
之屬縣慈利則放流之人顧居巡狩之境之內戰國
時楚都南郢在漢則南郡江陵澧去西南鳥逕不二
百里屈原之逐常行吟者故九歌曰澧浦澧蘭則放
流之所近薄脩門是皆不可曉知者澧於其時爲黔
中秦欲以武關之外易之楚方怒張儀謂曰願得張

儀而獻黔中夫以其心一人寧棄地而不恤固以要
荒鄙之也而今也料次戶口之繁庶貢賦之征入澧
則亞於長沙而近湖廣省治岳鄂諸州不能半之豈
天時風土有古今之變而人事亦隨以遷而異耶士
四民一也民庶而士必衆洙泗夫子之居也士爲洙
泗之言者也澧去洙泗西南將三千里非密邇也賴
皇上仁不忘遠守土之臣視要荒與洙泗鈞然洙泗
也燧嘗至其地焉戶不能當澧四之一戶損則士不
多亦理勢然不知目今澧民沐士之化要荒而洙泗

乎士不能拔民之溺洙泗而要荒乎要荒而洙泗正國家所賴以化民成俗者洙泗而要荒其身之不能成德達才何有乎推之人士是之思則居縣官所築之室食縣官所樹之粟必知俛勉其躬圖報稱矣庭詠俾子仁求記所由與作於翰林學士朝請大夫知制誥同修國史姚燧大德已亥冬十有一月日短至書于鄂之南陽書院楚梓堂

千戶所廳壁記

姚燧

我元駐戍之兵皆錯居民間以故萬夫千夫百夫之

長無廨城邑者其有統齊徵發之政無文移惟遣倅銜言至受命大帥或依高丘曠野爲律以行此近代之故事也怯烈勗寔君長千夫洛陽鳴皋山下繇祖曁身三世矣舊集其屬恒卽佛宇神祠不然於其私居聖皇中統以來制度寖備官始有品祿始有秩統齊徵發之政一信於書故君得以斂是一軍之祿買田爲廨門以表堂堂以聽事無以居史儲書有庫閲射有亭數十年苟簡之弊一朝而新又思居乎此者必有所箴警始不敢弛然而怠故書堂曰居敬亭曰

觀德繇未識余千里走書于鄧以其友乃滿子堅爲先求記其然余聞其知學周公仲尼之道者爲告之曰今夫人過祠廟必聳肅起敬如有精神冤鬼在其上而立其傍者何哉繇夫平居無事之時未嘗敬也使平居無事之時恒有上帝臨女之心則兩間百神其尊且大孰有加於上帝雖曰過祠百千而心與敬一不待有所起而無不聳肅矣敬實聖人傳心之至言而學者繇狂蹟聖之基豈惟五典賴是而惇以乃應事接物無有外此而能中道者況軍旅之事尤在

能敬孔子所慎齊戰疾與夫臨事而懼者也敬乎敬乎其可斯須離而弗居乎或曰射于何而觀德曰若知夫鑑也明足以燭須髮塵棄之久或涉仭而不見丘山此無他用不用之分也雄兵亦然五兵之長莫長弓矢至不仁之器也王者用以威天下則足以芟暴亂而仁元元逮功威后定而無所試必世之間老將宿兵日益耗亡膏粱紈袴之子制外閫焉無賴墮窳之人備前驅焉不幸卒有狗吠之警使是曹出而禦之而能必其康靖乎古人見其然故歲訓而時講

之於鄉射蓋束是不仁之器修之於俎豆之中雖有頑驁弗率之人相漸以禮而相摩以樂不敢萌啓邪心知尊君親上而易使於一旦此先王維持太平之宏綱大經也其法主賓有送迎之拜耦繼有上下之比弓有橫御兼弣弛張之度矢有搢挾順羽拾取之儀行有鉤楹相左之章揖有當階及階當物及物當福及福取矢卒取矢之數衣有袒襲決拾有說韝有舉偃籌有奇鈞而侯有去負司正有請誘作命之目燕饗有獻酬酢旅之節奠觶有豐斜過有扑日出即

事窮日而休必强志勉力之士能無衰惰以有終否者或耻耻一庭也故曰可以觀德行惟志乎復古者可與言此而君以國人不在禁掖弓矢之科宜於貫革尚武之射何待夫試閱始閑其技其名是亭欲納是身於禮樂以觀德一方其有見於推持太平者在此而不在彼也嗚呼其知所務哉然天下萬事皆出吾心而有本有文居敬本也觀德文也合堂與亭記之夫豈二道歟

江漢堂記　姚燧

江漢南北之限也三王之德之封建嬴秦之力之郡
縣漢氏則曰吾王霸雜兼封建郡縣而犬牙之是時
無有裂幅員而自帝者繼漢始有之德不能以相高
力不能以相卑雖皆畫是爲守而帝南者終不能北
有尺地籍以一天下能一之者皆自北而南也故吳
自帝晉平之宋齊梁迭自帝以迄于陳隋平之宋自
帝我元又平之豈江漢能限世道之否不能限天運
之通歟嘗合二代而觀之以皇上之冠古無倫晉武
隋文何人斯哉然非有君無以開是功非有臣孰能

成是功古今人不相及而謀武一揆隋臣不道也晉羊祜首策平吳吳平而身不及見武帝追念其功封其夫人萬歲鄉君於太尉忠武史公其事差似蓋公自事潛藩嘗使經略於汴總兵十萬屯田千里不專彊武而惠信是敦耕商之民錯行其軀不相賊殺有獲俘亡皆生還之雖鄰國臣亦許莫自負羊公者無慙德焉于時堂曰江漢固巴張吾雄噬南紀之本皇上踐作又以四聖元臣丞相中書燮和雍熙者十有六年方將百萬之衆南伐至郢而疾詔他將專制而

還公于軍其辭若曰畫翦宋策汝也成功而疾汝安何言誠有不諱碑汝之勳班汝之爵于不可必死者之知能知之者非人與汝子孫耶四海聞之以皇上歸平宋功於公之生巳賢乎思祐於死及薨有令贈謚又詔其元子格以平章政事行省湖廣季子彬宅端揆于中皆相繼薨又詔中子杠爲中書左丞行省湖廣孫燿以平章政事行省江西視封祐妻君萬歲鄉又何如也左丞令至無第於鄂完官屋以居謀名其堂燧應之曰斯堂也非專晝訪而夕修必將歲時

奉肯太尉其鋪張勞庸楊侈蟬晃報皇上而歸美必文爲聲諧之笙鐘侑其利成爲詩之名㩀曰續江漢者他宜無稱于以格其精神竈䶂乘雲御風陟降在庭必懌然曰始吾爲堂北此千里于時未踰江漢也後數十年吾子乃能尸祝吾於江漢㢘其善成先志哉漢祖之誓功臣曰黄河如帶泰山如礪國以永存爰及苗裔今由河而視江漢曾不得其三一河誠可帶江漢猶當爲襟計將來及吾苗裔者或終古而無究也必容與依歸不是去焉公曰記之吾思不及者

公字柔明以至元壬辰下車人見其不儉不及不豐過中恢乎有容屬屬乎敬坦以明也相語以爲託太尉遺體而得其遺風詩曰雖無老成人尚有典刑其歲嘉平庚寅朏姚燧記

遐觀堂記

姚燧

長安城西二塗西北通咸陽王公之開府于此與西北南三陲之使冠蓋之去來尊俎之候餞者所出行旅之夥不列也西南入鄠抵山無所適貴乃令承餘則田夫樵婦與城居有墅於郊者所出斯固已可爲

倦游而休仕者所託廬矣二塗同出其相違無幾何而喧寂異然亦可見利勢之在與所無也鄠塗之北距城不數里則宣慰張公之別業規園其中築臺爲堂崇袤尋丈縱廣十畝清風之朝長日之夕四方勝槩極目千里凡秦漢隋唐之陵廟池籞田人力以廢興可吊而遊可登而覽者在所不耻其高上如華陽終南太白嵯峨吳嶽岐梁之奇峰絕巘爲三輔之鎮窮古而有者皆環列乎軒戶之外而臥對之凡席之上余曰遐乎觀哉古人堂者多矣其壯有加於此乎

使誠有耶雖風摧雨剝于千載之上亦宜略存陁然之迹可尋於今合則束板以載之負畚以興之以是知無因於前而獨始於公也今我與公屬觴乎此夫豈苟然哉百年之身其有幾何是及賞其成而不及憂其敗也及樂其完而不及悲其毁也後之時或風摧雨剝於千載之下有登吾陁然之迹者曰嘻斯何世何人之爲公名不旣壽矣公笑曰吾何嘗期如是之久哉第撑君言與吾堂稱者即名曰遐觀盍記諸余曰公通介貴臣也請與之言臣可乎古之人惟見

危授命者故得守節仗義殺身成仁之名乎可以無死而死猶爲徒死而傷勇然則出處之際死生之所關死生之所關善惡之攸歸者莫大於爲人臣使不遇存亡危急之會亦未嘗不以明哲保身爲賢斯揆道歸義之臣所能也嘗聞之望諸君善作者不必善成善始者不必善終九原可作將無謂秦無人也今之仕者吾不知孰爲道義之臣能志功名者亦鮮矣志富貴私身以壽世卒離亢而蹈禍者駢首接踵也是於計功謀利之間且有不能況揆道而歸義乎哉

寃公平生嘗吏民矣嘗治兵矣亦嘗持憲矣忠炳日星而難不亂于湯火氣吞湖海而信不移於丘山視竹帛之書鼎鍾之勒恒有晚古人薄前世不足爲之心以故在庭之百辟山東數州秦蜀九路之氓瀘雋荷旃方三千里之獠孰不聞其名而奇其才沐其愛而恒其威年五十二竟以許國盡瘁而歸鼓舞僮奴千指而食其力甘自齊于匹夫讀書以敎子飲酒以樂賓將終其身非孰爛世故遐觀一代之表者能是乎哉蓋天下之事遐觀則先識先識則幾矣雖兎之

不能搏人誰不知之突起道左或失聲辟易而喪其常守以其卒然遇之也使前見於數百步之外無曰雉兎雖虎兕之暴人得以爲備將不患矣斯不亦吾堂言外之微意乎未易以語他人將惟公可公名庭瑞字天表至元癸未以太中大夫諸蠻夷部宣慰使致事云又四年丁亥六月下澣日姚燧記

元文類卷之二十八 終

元文類卷之二十九

元　趙郡蘇天爵伯脩父編次
太原王守誠君實父挍訂

記

凝道山房記

吳澂

永平鄭侯鵬南嚴重清謹爲時名流而不以所能自足也謂仕必資於學學必志於道別業在滕州築山介爲游居之所取子思子之語而扁之曰凝道不遠二千里走書徵言於予夫世之成屋室者往往有記

記者紀其棟宇之規制營構之歲月而已稍能文辭者可命也而奚以予言爲侯之意寧不以予嘗講聞於儒先之緒論而欲俾言其所謂凝道者乎嗚呼道不易言也言之易者未必真有見也非真有見而言是妄言也而予何敢夫子曰爲之難言之得無訒乎雖然侯之意不可以不荅也詎容已於言哉請言其似道在天地間猶水之在大海道之中有人猶水之中有器浸灌此器者水也納受此水者器也水中之器或沉或浮而器中之水或入或出器與水未合一

也水在器中凝而爲冰則器與水合不相離而水爲器所有矣人之於道猶是也有以凝之則道在我無以凝之則道自道我自我道豈我之有哉人之生也或智或愚或賢或不肖均具此性則均受此道不於賢智而豐不於愚不肖而嗇也愚不肖之不賢智若者何也能凝不能凝之異耳嗚呼子思子言道所以有貴於能凝者歟凝之之方尊德性而道問學也德性者我得此道以爲性尊之如父母尊之如神明則存而不失養而不害矣然又有進脩之功焉蓋德性

之內無所不備而理之固然不可不知也事之當然不可不行也欲知所固然欲行所當然舍學問奚可德性而學問之目八子思子言之詳矣不待予言也廣大精微高明中庸故也博也厚也禮也皆德性之固然當然者盡之極之温之知之問學以進吾所知也致之道之敦之崇之問學以脩吾所行也尊德性一乎敬而道問學兼乎知與行一者立其本兼者互相發也問學之力到功深則德性之體全用博道之所以凝也夫雖然此非可以虛言言亦在夫實爲之

而已矣斯道也人人可得而有也況如侯之卓卓者哉其疑之也予將驗侯之所爲侯名雲翼今爲江南行御史臺都事延祐四年臨川吴澂記

檥槎亭記　　元明善

汲人張君錫氏作檥槎之亭志怪者云海與天河通蓋有人乘槎至斗牛間徵而慕之故以名亭昔君錫挾能放游浮河達淮沿江而南歷吴越西至於鄂衙又至於沅澧踰洞庭下彭蠡內齎剡中息於水腹奪舶於覆御漸於鏄或再月不得抵所止舟師候祥盲

風飆作水與風爭艫舳崩傾檣折柁敗淼無底戾又雨且暮游二十年不知幾此遭矣怠而北歸有官留中意必夜悸於夢朝休於見猶事於槎亦何謂邪曰怖吾之南信如子言今吾完然吾也不亦有不水死者衆乎環燕千里無湖江浸也依龍光被休風之人也耇壽昌嗣終不逢不若宜也嘗試徵余二十年間或者服食百忌步乘有擇武道晝兵衛夜臨避而吻動又噤見獲則聲功亟詫非不子自謀也一旦若輕塵驚風漠無蹤響者抑何也其所居甚海濤所乘甚

膠舟風水不爭立將解剝彼且安之固亦危我矣雖然世所共安而不之危者非大地乎然載萬物者地也載地者水也水火土石合爲地體并水而載之者天也地不爲大舟乎天不爲大水乎實大舟削大水其不有大危乎道踰無涘器當有敝十二萬年之後又誰知果不并大舟大水而趨於大壞也與槎本無也無又何待於櫒亭亦無也有亭必基於土地且不能自有何有於物雖然寄吾於槎猶萬物之寄於地同寄也又奚安奚危哉余曰子之號達矣曠矣其情

盍求夫稱也夫槎者溝中斷也利小涉不大受也胡不虛其中使無不容牢諸外使無不載道爲之檝時爲之飄泊之於義渚繫之於德淵若然效大舟之實而不洩託大水之運而不覆渢渢乎潎潎乎槎之進乎是

順州儀門記

元明善

春秋左氏傳曰作新南門不書非公命也非也興作必書然合禮不書書皆貶也南門蓋魯君之皐門也新作者改舊剏建之謂必當禮而不書不然則左氏

之誣也諸侯三門臯門應門路門今之州準古伯子男之國作儀門禮也春秋合禮不書作儀門此何以書喜制備而從民志且非爽於春秋之旨也制備而從民志者何溫榆水之陽有古城焉曰順以州隸大都路地沃而民淳自國家罷兵百年涵濡撫育生殖日繁蔚爲饒郡郡城據亢爽地而四下郡廨時當其亢亢有故儀門址又亢亢之尋常郡人以不屋於其上爲恥屋焉則鼓角於斯懸令布政於斯有以雄其州而聳民聽觀矣至大四年知州事粱君彥義始來

明年百廢次第舉民用大和民曰吾無訟以撓州吾稅賦以時足使君甚仁不生事害我使君召役民必樂趨於是梁君知其民之可用也迺謀諸監郡某將建岑樓於洫僉曰休哉惟時請割俸金以倡俄而州人故中書右丞曹公之家今樞密副使石公及諸名士或爲之材或予錢米民皆子趨以獻工役肇事於皇慶元年秋七月畢工於二年夏六月規制端大輪奐丹艧歘若天成登其上而望北則紅螺峻極雖五十里外若接闌檻東北曰黍谷則鄒衍吹律之山也

潮潞二水會於白溆經城東而南注吳舡來集通玄橋下其西南則天都霄漢觚稜金爵隱然欝葱佳氣之間群情大悅於是郡制備矣民志從矣則又曰是不可不著興建之歲月也乃託右丞之子太保長史偉求余文余太史也凡書必稽諸典禮遂爲據經而述之俾知今之州準古諸侯之國不爲不重興作制備而從民志也則太史喜爲之書苟不足乎是而要名勳民者爲春秋之所貶君子愼諸

武昌路學記

元明善

武昌墉山而城塹江而池俠湞益引荊吳據楚中而履南越宋人二百年間峙糗鍛兵岌爲邊壘帝元一四海而家之池也不足乎深城也不足乎高恤刑尚德武弛文張民日趨於禮樂之域而不知爲之者建侯樹屏表疆明制乃此焉行中書省而統四道宣慰使元將大吏咸走節下聽約束奉期會然則武昌自爲重鎭矣凡夫表厲化導之具宜有以倡廣方而厲群目獨廟學陋小不稱司憲者如紹興言保釐者責功郡守振紀有嚴營畫是亟禮殿東廡西廡戟門儀

門齋廬爲屋五十餘閒端大堅緻丹碧藻繪象設筵
席皆視儀度尊豆鍾磬不爽典祀惟講堂經閣諸室
不剏而葺歲丁巳五月肇基越已未十有二月告成
學後曰鵠山書堂者廢而入於豪奪徵剤歸公方議
勒石紀始而除者得龜趺於埋中别置貧碑於湖南
明善適參政行省兩府來相與言曰衆心一公奏厥
完美期奉天明思勸民職而已惟是彰今而垂後者
咸願有作謬𡾰上直翰林曷敢咈乎雅命然記事必
載其實興學當原其本禮始立學釋奠先聖先師學

之有廟漢以還始聞也孔子先聖顏氏先師唐以來始定也縣學尊廟因廟表學廟焉而不敎夫學非制也謂報焉在是抑微也天以之而道明地以之而理聚人以之而極立三才旣奠萬化乃成推功絜德天地實參斯報之圖罔極何從聖朝龍奪北天弓劒辟國顧乃首尊孔氏旌用儒生列聖錫禮崇祀加謚增秩若稽典則炤陳政化揭科比士登賢建官不有望於聖道贊化天下乎夫道不玄邈以爲高不空寂以爲深大則充周乎萬物小則流行乎一身法制謹嚴

經權周密蓋不越易書詩春秋之外矣亦不離綱常
事爲之間矣若夫盡學士之上達極聖賢之能事固
非指顧可會文辭可判而君子也而賢者也不諄諄
歟德言曰君子德非徒德才言曰賢者才非徒才道
明義立智周行圓其用而出也細不遺而鉅有措其
舍而處也近者化而遠者格爲良臣爲大人爲節士
爲眞儒非由外假端在我爾無師而興固曰豪傑受
業而成孰爲凡民美哉眷裳入學肅瞻新廟斯弦斯
誦相規相誨顒顒然巖巖焉本學者養正以成聖功

末學者游藝以獻春官乃骫骳乃譸張聲焉無所入也懵焉善距來也穹屋華題資爾燕間德求而無以徵之才求而無以齊之哀哉匪但退作室之初心無乃孤崇儒之明詔乎武昌南服列城言言百辟承風多士砥節或挾能而起或抱璞而潛聲光侈而不遏吾爾悳焉矣雖然山川流峙風氣融結瑞不歸於鳳麟寶不期於金璧偉人魁士群出而爲國家之屏之翰也將自今日

虛室記　元明善

居室而強之名非古也名而名之曰虛厥義宏也非古而從爲之文溢辭也義宏而或已於言闇於理也嘗試爲虛室之記曰截十二琯參差地中以宗黃鍾之長縣是制八器寓五音百王之樂以之而變綴二十八字爲母錯綜四韻唱而和之萬七千二十四聲音以之而盡雷奮地中雲族而雨甲者坼蟄者起回宣脉沐達於無垠入於無際氣即之而流形物縣焉以各化大塊噫氣厲則鼓盪衆峙和則噓撓萬植洶洶焉蓬蓬焉上無高也下無堅也旁無遠也謂夫穹

窿而蒼蒼者天也厖雜而茫茫者地也蒼蒼者無體莫然旋氣也茫茫者亦無體坱然凝氣也凝非不入也而天闢之旋非有間也而地翕之人物子於兩間陰陽司其生死旦夜一瞑眎也開閉一成虧也雖然此徒以虛觀之也指一草而質焉勾於土中甲於地上牙葉枝榦而華實又生也指一隹而質焉夘也㲉也俄而鳥也鳥復夘而㲉也又也潛石擊之則然續之則燎水也毋氣氣止潤滋匯而淵海謂天無體含日月星辰以求之并天亦無謂地無體含水火土石

以求之并地亦無蓋象於上者一不實天道廢矣形於下者一不實地道廢矣乾不一實感坤不一實應凡子於其間者幾乎其熄矣而况於萬古之世億兆之人能不實而有其有哉雖然此徒以實觀之也天地之間陰陽而止矣陽實也其體則虚陰虚也其用則實陽非虚物無以生陰非實物無以成故曰一實二虚還相體用惟虚也乃能受能受故神惟實也乃善出善出故化父道也母道也人物之以命相資也孰有壹之之理哉危子曰吾老莊之徒也以虚體道

以虚用物游於太初合乎自然故强居室以名殆將處夫無我也元子曰以天地而齊老莊不辯而二子細也二子烏能外天地苟不能外天地又豈肯有巳而盡縻物理之察察者哉然則危子之學者揭其一端隱夫大全若曰人皆取實巳獨取虚茫乎芴乎歸然而有餘者耶

萬竹亭記　　元明善

李君仲淵繇蜀省員外郎入爲監察御史余别十五歲相寄文事於萬里外一旦會京都至歡也間爲余

言成都之樂買屋買田矣弟叔行有田廬在蠶茨周所居植竹竹無慮十萬箇構亭竹間覆之白茅名曰萬竿竹不止萬而曰萬志盈數也亭之西雪山嵯峨玉立霄漢東則泯江之支洪流達海亭並長溪可汲可漁抱亭幾合而去與江會每風日清美目因境豁群慮冰釋神情散朗超然遺世風或雨之夕溪聲與竹聲亂耳入清音幽思以宣肅如也或雪或月亭與竹盡宜吾兄弟時相過而愛亭甚日對哦夜對床者春與秋多將棄官歸老矣君與吾弟記之仲淵三兄

弟而兄若弟未之前識也嘗讀其兄伯誠之文見其文知其賢矣獨未知叔行觀是志尚人賢可想一門兄弟彬彬其先大夫之賢又可得矣王子淵司馬長卿揚子雲以及蘇明允父子暉當代而名後世殆蜀材之芳華茂實慕者有所震也仲淵兄弟生關中宦學三川又將老成都焉者得非居其鄉慕其人而襲其茂芳掇其華實歟不爾竹何地無也雖然成都自古受兵最慘入我版圖以來今六七十年上之所以耆定休養者至矣肆仲淵兄弟保安無戒思永令圖

使丁當時攻戰之殷且見斬竹以爲揵壓溪以爲塜尚亭乎哉尚對哦對床乎哉果得老乎時正當感國家承平之澤也余嘗思假一役過潼華縱觀三輔道漢中以覽全蜀浮江遨吳楚而歸邂逅見仲淵比騎問叔行於蠶茨登萬竹亭質何淵之今言然後厠賢兄弟間猶堪資一日夜之談詠也兹爲亭記俾叔行刻之亭石卜斯游之能遂與否也遂後百千年豈不爲萬竹亭之嘉話哉

濟南龍洞山記　　張養浩

歷下多名山水龍洞爲尤勝洞距城東南三十里舊名禹登山按九域志禹治水至其上故云中有潭時出雲氣旱禱輒雨勝國嘗封其神曰靈惠公其前層峯雲矗曰錦屏曰獨秀曰三秀釋家者流居之號錦屏抵佛刹山巉巖環合飛鳥劣及其半卽山有龕屋如廣可容十數人周鐫佛象甚夥世兵逃亂者多此焉依然上下有二穴下者居傍可透迤東出其曰龍洞卽此穴也望之窅然竊欲偕同來數人入觀或曰是中極闇非燭不能往卽命僕燃束葦前導初焉若

高濶可步未幾俯首焉未幾折磬焉又未幾膝行焉又未幾則扶服焉又未幾則全體覆地蛇進焉會所導火滅煙鬱勃湍洞中欲退身不容引進則其前隘且重以煙遂叉聰抑鼻潛息心駭亂恐甚自謂命當盡死此不復以出余强呼使疾進衆以煙故無有出聲應者心尤恐然予適居前倏得微明意其穴竟於是極力奮身若魚縱爲者始獲脫然以出如是僅里所既會有泣者恚者訴者相譏笑者頓足悔者提肩喘者喜幸生手其額者免冠科首具陳其狼狽狀者

惟導者一人年稚形瘠小先出若無所動見衆皆病
亦陽懼爲殆其謙於外卽舉酒酹穴者人二一盃雖雅
不酒必使之釂名曰定心飲余因默憶昔韓文公登
華山窮絶頂梗不能返號咷連日聞者爲白縣吏遂
遣人下之嘗疑許事未必有繇今觀之則韓文公之
咷猶信嗚呼不登高不臨深前聖之訓較然而吾輩
爲細娛使父毋遺體幾壓没不弔其爲戒詎止坳身
不可忘竊虞嗣至者或不知誤及此故記其事以告
焉游洞中者某官某洞之外坐而宴飲者某官某凡

十一人

邵菴記

袁桷

雍虞伯生界其居之偏爲菴廬焉温凊之隙則怡怡然飽食以歌晏休於中其廬温密樸質備粹且深中而虚之若璧而環若鑑而明樞圓而扉方闔闢以動止其温燥也裼以舒其清焉其淒厲也奧以休其和焉左顧右矚神止氣寂晝握其動夜根其靜不丐飾於外據萬物之會以極其榮觀者焉廬不廣尋丈旁設易圖圖除其卦五十有六瞪而視之首擊而尾應

迎而存之風至而水涌審聲遺形益顧其情忽然控
浮游以上征則摶至控伏囿於其內而不能以自恣
或曰非輕世遠舉者不得其專是伯生曰維昔邵先
遭時明康玩芳以嬉不激不隨順其隆汚儒者之準
也吾將尊其廬曰邵菴何如楠曰可乎哉言無郵乎
夫敦厚而靈明君之先也峻簡而潔精者君之光也
自君之出名曰以張莫窮其鄉黽黽然聲音笑貌之
學詎昔之志也勉之哉茲廬之制易而不俾簡而不
倚其取諸物非鑠我者也繇質以成禮無踰矣廼觴

以祝之介其休明烟烟煴煴維道之門悃悃欵欵維德之本美哉廬乎足以爲永居乎

董子祠堂記　　曹元用

漢中大夫董仲舒邃於春秋其學醇正有原武帝時對策三篇切中時弊致武帝表章六經罷黜百家先儒以爲其功不在孟子下兩相驕主動必繇禮守正不阿時公孫弘方以容說位宰相故終身不得復進夫孔子殁既久異端並與學者愈失其傳秦漢以來知道者鮮惟董子能言正誼而不謀利明道而不計

功以仁義禮樂正心脩身爲治國平天下之具論道之大原及明於天性之説多得聖人之旨其言奥衍弘深沛有餘味或者乃譏其見道未明竊以爲過矣夫以游夏之言方諸孔子猶爲有疵況董子承秦滅學之後而能造道如是詎易得哉使其游於孔門可與十哲亞使居相位可興三代之治劉向以爲有王佐之才管晏弗及也眞知言哉按漢書董子廣川人廣川屬漢冀都郡今景州蓨縣是也縣西南鄉有廣川鎮其别墅曰董家里有祠在焉唐宋碑刻猶存縣

北門道右故有董子祠不知創於何時國家大德初縣人林士豪嘗加補葺天曆元年承務郎縣尹吕君思誠視事始拜謁祠下顧瞻而嘆曰祠當通衢湫隘若此非所以居董子也八月遷於縣治之東東有崇臺三丈禁閣二層舊爲官僚游憇之所遂新其弊仆定爲董子祠更其衣冠悉遵古制明年某月落成聿脩祀事蓨舊無縣學吕君又築講堂祠下爲東西兩齋命教諭劉瀓權主董子祠事朔望先謁孔子廟次則及焉又爲孔子像置之社學使民知所向暮吕君

字仲實平定州人縣國子伴讀擢進士第補同知遼州事以母憂去官終喪而有蓨之命清勤無私臨事明決訟十年不絕者諄諭以理輒兩已之子愛其民事集而民不擾咸畏威懷惠境內大治安陵道士以久旱持盧師蛇名小青者至郡僚羅拜以禱君怒欲取而殺之道士泣請得免後數日乃雨其不惑於邪如是余與乃父廉訪君昔聯仕憲臺今嘉其有子而能官也故爲作董子祠堂記仍賦享神辭以繼之其辭曰

蓨之土平原膴膴爰有哲人兮道傳千古道傳千古兮爲紀爲綱徽猷允塞兮嘉言孔彰天既佑我蓨兮篤生元哲不克取而師兮是曰自絕層臺兮巍巍傑閣兮翬飛神靈兮有託祠事兮無違想高風兮如在期進德兮愈厲繼目今兮毋忽毋怠

考亭書院記　熊禾

周東遷而夫子出宋南渡而文公生世運升降之會天必擬大聖大賢以當之者三綱五常之道所寄也道有統羲軒邈矣陶唐氏迄今六十二甲辰孟氏歷

敘道統之傳爲帝爲王者千五百餘歲則堯舜禹之於冀也湯尹之於伊亳也文武周公之於岐豐也自是而下爲霸爲强者二千餘歲而所寄僅若此儒者幾無以藉口於來世嗚呼微夫子六經則五帝三王之道不傳微文公四書則夫子之道不著人心無所於主利欲持世庸有極乎七篇之終所以大聖人之居而尚論其世者其獨無所感乎嗚呼繇文公以來又百有餘歲矣建考亭視魯闕里初名竹林精舍後更滄洲宋理宗表章公學以公從祀廟庭始錫書院

額諸生世守其學不替龍門毋侯逢辰灼見斯道之
統有關於世運故於此重致意焉歲戊子侯爲郡判
官始克脩復邑令故澶郭君瑛又從而增闢之乙巳
侯同知南劒郡事道謁祠下顧謂諸生曰居已完矣
其盍有所養乎書院舊有田九十餘畝春秋祀猶不
給侯捐田爲倡郭君適自北來議以克恊諸名賢之
胄與邦之大夫士翕然和之合爲田五百畝有奇供
祀之餘則以給師弟子之廩膳名曰義學田初省府
以公三世孫朱沂充書院山長既殁諸生請以四世

孫朱椿襲其職侯白之當路仍增弟子員屬其事於邑簿汪君蒙且以書來曰養可以粗給矣而教之不可以無師也謂不猶逺有聞俾與前貢士魏夢牛分教大小學蓋有甚歆然者旣又屬不記其事其將何以爲詞重惟文公之學聖人全體大用之學也本之身心則爲德行措之國家天下則爲事業其體有健順仁義中正之性其用則有治教農禮兵刑之具其文則有小學大學語孟中庸易詩書春秋三禮孝經圖書西銘傳義及通鑑綱目近思錄等書學者學此

而已今但知誦習公之文而體用之學曾莫之究其
得謂之善學乎矧曰體其全而用其大者乎公之於
考亭也門人蔡氏淵嘗言其晚年閒居於大本大原
之地充養敦厚人有不得窺其間者蓋其喜怒哀樂
之未發早聞師說於延平李先生考體驗已熟雖其
語學者非其一端而敬貫動靜之旨聖人復起不易
斯言矣嗚呼此古人授受心法也世之溺口耳之學
何足以窺其微哉公之脩三禮自家鄉至邦國王朝
大綱小紀詳法畧則悉以屬之門人黃氏榦且曰如

用之固當盡天地之變酌古今之宜而又通乎南北風氣損文就質以求其中可也此公之志克遂有王者作必來取法矣嗚呼古人爲治之大經大法平居既無素習一旦臨事惟小功近利是視生民亦何日蒙至治之澤乎秦人絶學之後六經無完書若井田若學校凡古人經理人道之具盡廢漢猶近古其大機已失之矣當今治宇一統京師首善之地立胄學興文教文公四書方爲世大用此又非世運方升之一幾乎邵氏觀化所謂善變之則帝王之道可興者

以時考之可矣誠能於此推原羲軒以來之統大明
夫子祖述憲章之志上自辟雍下逮庠序祀典教法
一惟我文公之訓是式古人全體大用之學復行於
天下其不自茲始乎今公祠以文肅黃氏榦配舊典
也從以文節蔡氏元定文簡劉氏爚文忠眞氏德秀
建安武夷例也我文公體用之學黃氏其庶幾焉餘
皆守公之道不貳其侑公也實甚宜公以建炎庚戌
生於劒之南溪父吏部韋齋先生仕國也公蘊經世
大業屬權姦相繼用事鬱鬱不得展道學爲世大禁

公與門人益務堅苦泊如也慶元庚申歿於考亭後十年庚午疆埸事起又六十七年丙子宋亡公之曾孫浚以死節著嗚呼大聖大賢之生其有關於天地之化盛衰之運者豈可以淺言哉夫子之六經不得行於再世而公之四書乃得彰著於當代公之身雖詘於當時而公之道卒信於其後者天也過江來中州文獻欲盡自左丞覃懷許公衡倡明公學家誦其書人尊其道凡所以啓沃君心栽培相業以開治平之原者皆公餘澤也方侯剏義學東平袁君璧適以

臯亭至閩訪求公後裔二子林彬於省長南溪建安二書院奉韋齋及公祠又以考亭乃公舊宅懇懇爲語諸生小學入門之要尤以師道不立爲憂既而金華陳君舉司文吳會爲胄學徵藏書考尋文獻且欲於此繼成公志以復六經古文爲屬誠巨典也而必有俟焉天道循環無往不復欲觀周道舍魯何適正學一脉亟起而延續之則天地之心生民之命萬世之太平當於此乎在俟之功不亦遠乎俟世以德顯其仕閩以化爲政道南七書院皆其再造也考亭

西北偏有山曰雲谷晦庵在焉亦爲之起廢汪君於山之麓爲門以識之凡公墳宅悉從而表樹焉庶乎知爲政之先務矣精舍剏於紹興甲寅前堂後室制甚樸寶慶乙酉邑令莆陽劉克莊始闢公祠今燕居廟則淳祐辛亥漕使眉山史侯季温舊構也書院之更造惟公手剏不敢改棟宇門廡煥然一新邑士劉熙實終始之義學之剏與宋奕黄樞首帥以聽華恭孫葉善夫趙宗叟盱江李庭玉與有謀焉而厚給廩完堅茨以迄于成則虞子建劉實也賢勞皆可書時

提調官總管燕山張仲儀教授三山黄文仲助㕔名氏悉書石陰後甲辰三歲大德十一年四月朔日後學熊禾記

元文類卷之二十九終

元文類卷二十九

元文類卷之三十

元　趙郡蘇天爵伯脩父編次

太原王守誠君實父挍訂

記

克復堂記　虞集

克己復禮之說在聖門惟顏子得聞之當是時七十子者葢有不及盡聞者矣後學小子廼得誦其言於方册之中聞其說於千載之下豈非幸歟葢亏嘗反而求之沈冥於物欲之塗者固無與乎此也而知致

力焉者僅足以爲原憲之所難而已其拔本塞原脫然不遠而能復者世甚鮮也然則苟有志於聖賢者舍此奚適矣然而難言也昔者程伯子少而好獵及見周子而有得焉自以爲此好絶於胸中矣而周子曰是何言之易也後十餘年程子見獵者於道傍不覺有喜意夫然後知周子識察之精也嗚呼自顔子而降若程子之高明而敦厚純粹而精微一人而已其爲學也必不爲原氏之剛制也明矣其十數年間豈無所用其功哉而是好也深潛寄伏於纖微之際

不能不發見於造次之間噫亦微矣鄉非周子識察之精固不足以知其必動於十數年之前非程子致察之密亦何足以自覺其動於十數年之後是固不可與迂生曲學者論也而衆人迺欲以鹵莽苟且之功庶幾近似其萬一可乎不可乎此則予之所甚懼而旦暮不忘者也國子伴讀康生敏以克復名其堂而來求文以爲記予既嘉其慕尚之篤志而又懼其易之也故著其說使寘諸壁間因得以觀覽而資其行遠升高之一二也

誠存堂記　　　　　　　虞集

昔者君子之言居也宅曰安宅居曰廣居泰哉其所以自處者乎何其安重尊高之若是也竊意君子之所以爲安重尊高者固無待於外而上棟下宇盍得以休其體而致其養夫豈苟然也哉集賢待制鄱陽周君之爲堂也築必固材必美攻斵必純澤構締必堅縝曲勢必周正戶牖必疏達溫凊必宜適待其後之人必久而無斁凡作室之道備矣及其成也曾不以是自佚方孳孳然以誠存題之此其意豈淺淺者

顧使集爲之記集何足以知之嘗試卽堂而言之仰升俯降甲高之位定矣處深鄉明内外之辨嚴矣左揖右讓少長之叙列矣以祀以養以宴以食父兄宗族之親在是矣鄉黨僚友之情可得而洽矣靜以養動以思朝以興夕以寧噭噭乎燭之而弗迷也絜絜乎列之而有文也循乎其行之無忤步也確乎其歸之無異本也繹繹乎其繼也渾渾乎其無窾郤之有待於彌縫也若是者庶乎其名義之近之也乎而集又何足以言之大江之南鄱爲大郡物殷而家給土

木之盛甲乙爲比而又以文雅相尚抑豈無以美名表其居者乎誇者已張警者已未亦有反身切求若是其實而大者也集又安敢不爲之記也惜乎集之不足以知之不知以言之也謹記之曰周氏誠存之堂作以其歲成以其歲名之者集賢大學士姚公端甫題之者集賢侍講學士趙公子昻也蜀郡虞集記

思學齋記　虞集

予始識臨江杜伯原甫於京師也見其博識多聞心愛重之間從之有問焉沛乎其應之無窮也而其天

文地理律曆卜祝神仙浮屠之說往往得諸世外之士至於因人情時物之變論議政治之術可指諸掌時大臣有得其才而薦用之者薦上未命而大臣者卒事報聞原甫漠如一不介意方就客舍取詩書易春秋悉去其傳注而繕書之慨然有直求聖賢之遺於本書之意未幾去隱於武夷山中其友詹景仁氏力資之蓋得肆志於所願學而予不及從之矣延祐庚申予居憂在臨川原甫使人求告曰我著書以究皇極經世之旨子其來共講焉且曰我以思學名齋

居舊矣子爲我記之明年予免喪省墓吳中將遡浙踰嶠以成其約會有召命不果又四年景仁來京師毎以思學之記爲説予曰原甫高邁絶俗又能閒居山林無世事之奪其所就殆必過人遠矣予何足以言予苟言之人之所知耳所不知固不可言也它日授説於原甫而執筆焉尚未晩也景仁曰不可必有以復於原甫者乃試誦所聞焉古之所謂學者無他學也心學而已耳心之本體葢足以同天地之量而致用之功又足以繼成天地之不能者焉舍是弗學

而外求焉則亦非聖賢之學矣然而其要也不出於
仁義禮知之固有其見諸物雖極萬變亦未有出乎
父子夫婦君臣長幼朋友之外者也故曰聖人者人
倫之至而已聖人至而我未至故必學焉求其所以
至則必思焉且何以知聖人哉于其言行而已矣言
其言也行其行也然而反諸心而有未盡行諸已而
有弗得是以有思固非茫然無所主而妄馳者也彼
其由之而弗知察違之而不覺反憧憧往來於客氣
之感何其多哉乃有爲之說者反欲絕去倫理情心

如墻壁以待夫忽然之悟於觸之覺不亦殆乎今求諸此而不得者乃欲從事於彼以庶幾萬一焉反以絕學自勝果爲善思者乎噫學固原於思而善思者必有所受矣今夫有事於思者如火之始然而煙鬱之泉之始達而泥汨之草木始生土石必軋之逮其發也葢亦已艱矣故非高明之資未易遽徹也而況思非其道者乎然而嘗聞之明睿所照者非若考索之所至夫至於明睿則無所事乎思矣無思者幾乎聖人矣其始乃在於完養而涵泳焉時至而化有非

在我者豈不盛哉請以是質諸原甫或有取焉則因以爲記

舒城縣學明倫堂記　　　　虞集

學校講學之地也古未有廟其釋奠於先聖先師者非廟也後世始爲廟以祀夫子通乎天下三四百年之間禮制寖盛我國家郡縣無小大皆得建學尤以廟爲重焉是以有司修祀典勿敢闕而教無其師師非其人則或有不暇計者此士大夫因循苟且之通弊要其識慮初不及此無怪其然也舒城古邑也自

宋季數有軍旅之事故學校之盛微不及東南然而山川高深風氣完密民生其間者有中州質愿之美而奇巖幽谷往往有昔賢名人遺蹟足以風動其人而其人亦樂道之故其俗爲易化者矣延祐乙卯前令杜思敬始重建廟而講堂庳陋弗治久而益壞部使者宋公翼嘗督縣令改作辭以故逮燮理溥化登蒙古進士第長是邑始以獨見捐己俸以天歷巳巳之歲度材庀工撤而新之凡爲堂三間規制宏敞始與廟稱未朞告成則其月也董役者典史周允者儒

宋楊椿傳僩宋文富莅工者范應月胡立本皆儒也至順七年秋夔理君以職事如京師踵門來求文以記之今夫郡縣之吏急於簿書期會有不暇於為治而況教乎夔理君之為邑知重學校於為學知重講習豈非知本者乎夫君臣父子兄弟夫婦朋友之倫本諸天理之固然有不待於强名者人之為道豈有出於此五者之外者乎然而明之則敘不明之則斁此教之所繇興也氣質之不齊雖萬其殊而大槩智愚賢不肖之分而已矣斯倫也愚者有所不知不肖

者又違而遠之故有待於啓廸矯率無疑也乃若賢且智者所謂質之美者也於其倫之所在亦知求盡其心焉然而不聞聖賢之傳不經師友之辯則不足以知天理之節文精義之攸當則直情徑行必有墮於私意之所爲疑似之近幾微之差其流弊亙有以失其良心之正而貽世俗無窮之害焉此係於教者爲最切故古昔學校之教壹是皆以明人倫爲事豈非憂之深而慮之遠者乎嗚呼洒掃應對而敬其事則窮理盡性之學斯在服勤就養而盡其職則存神

知化之妙已存不踰乎屋室戶庭之近而天地萬物之奥已具不外乎耳目口鼻之用而陰陽鬼神之微已通人之所以爲人者亦大矣故曰聖人人倫之至而已不有以明之孰得而知之哉嗚呼其說亦微矣登斯堂者觀其名而思其實因予之言而求爕理君之志庶幾有所覩感也夫昔邑之君子有李公麟伯時嘗讀書龍眠山因以自號故有龍眠書院在縣治東飛霞亭之北國初東禪寺僧併之而書院廢爕理君得隙地於清心池亭之上盍伯時與蘇子瞻黄魯

直諸賢之所共游者也乃闢地爲屋以復書院之舊以廣爲學之處燮理君之於其民也有古人之道哉來者尚克繼之於永久

孝思亭記

虞集

國子伴讀茌平梁生爲予言其邑之善士曰張氏兄弟以孝友稱於鄉作亭於先塋之左手種松栢鬱鬱成林爲請於監察御史周君景遠得大書孝思二字以表其處而求文以爲記予嘗聞之古之君子之爲禮也蓋無墓祭夫祭者之於鬼神也求諸陰陽之義

備矣墓也者遺體之所藏也苟於是乎求之豈不可哉而古之君子之爲禮也而墓無祭者何也凡有國有家者必有寢有廟廟所以祭而墓非祭所也有廟者必有主主之始立也三祭以虞之歸必奉諸其廟歲時祀之日是神明之所依也有禰之廟者自己之兄弟子孫皆至焉有祖之廟者自父之昆弟子孫皆至焉有曾祖之廟者自祖之兄弟子孫皆至焉有高祖之廟者自曾祖之昆弟子孫皆至焉有大宗之廟者凡族之昆弟子孫莫不至焉者矣是合族之大法

也而近世士大夫家廟主之制或未之考一再傳之後昧於世次者或有之矣況於民庶者乎是固君子之所深嗟夫古之不可復也然幸而猶有一焉今中原之地平衍溫厚故其爲塋兆也高曾而下凡子孫皆得以次祔葬歲時上冢則猶得以知其處此爲其親此爲其親拜於墓下者孰爲某親之子孰爲某親之孫益深有維持族姓之意焉後之君子茍以義起禮則墓亭之設固在所不廢也張氏兄弟拳拳於墓亭之意豈非知本者乎其以孝友稱於鄉也宜矣張

氏兄弟三人曰通甫曰欽甫曰君甫張氏之後必有顯者其自此三子者始歟

魏宋兩文貞公祠堂記　　虞集

至大四年七月中山王公結自集賢直學士出守順德明年郡以治聞守居無事乃按傳記而嘆曰魏文貞公徵鉅鹿人宋文貞公璟沙河人今二邑隸順德則二公皆郡人守其土則祀其先民禮也於是作官學官東南考求當時衣冠之盛肖二公儀形而祠焉郡人梁某蘇某各以財來助司獄崔某學正楊某董

其役以延祐元年二月告成泰定元年天子始開經筵王公在集賢侍讀以經從幸上都集與在行間以祠事語集將篆諸石以識集曰治民者常示之以好惡鄉背之正則民志一而事有所據特教之蹶節耳而世猶迂之甚矣其不知本也天下之患常出於巽懦無耻巽懦者苟且無耻者無忌憚苟且而無忌憚人心始不可收而至於無所不至君子葢深憂之若二公者誠足以表礪振起於斯人哉唐有天下二百餘歲莫治於貞觀莫盛於開元之初一時名臣衆多

近代葢莫之及然而尚論剛正能諫諍有古大臣之風者則未有踰於二公者也苟以其事而論之魏公言聽諫從實終厥身而宋公在相位數年耳比其沒也垂二十載不復更任柄要其得君行事誠不侔矣然而天下後世信之無二則固在於立志制行之相高者乎夫二公之鄉非有百里之遠也二公之相非有異世之隔也邦人誦其事而知其德豈一朝一夕之積而合祠之禮曠久未舉固亦有待也邪昔者仁宗皇帝在御慨然憫習俗之弊於文法頹壞淪靡而

莫之救乃出獨斷以圖治凡所以柬拔常出不次一時作新之志貞觀開元不足爲也鄉使有若二公者出乎其間則氣類之合風節所厲庶幾少荅聖明之萬一乎始王公受知仁宗於東宫及踐大統而已在外服其祠二公也特因其職分之所得爲而已邇者論經之餘亦嘗竊取二公言事之要而陳之辭之所達萬不及一徒想見其遺風餘烈之不可復作南瞻祠宇悠然有千載之嘆焉噫豈吾二人之私也哉故作享神之詩曰

侃侃正辭高風相望敬恭不忘有合其鄉於昭顧懷
庶其在此以後民克享世有君子

尊經堂記　虞集

吴君伯厚之上世受學於陸文安公文安公題其堂曰經德而爲之記歲久堂不存伯厚之父更築之不敢仍舊名易之曰尊經堂蓋言尊敬奉持夫經德之訓也他日伯厚述其先人之意而求集記之集謝不敏至於再三則爲之記曰昔者嘗聞之人有常尊莫尊於天國有常尊莫尊於君家有常尊莫尊於親是

三者尊之不可踰者也而孰知吾之有自尊其尊者葢有所受之矣故能以眇然稊米之身而與天地參立以贊其功用而代其不及者焉雖其氣欲之感于汩萬變而與上古聖神之所同者終有所不泯亦終不爲禽獸鬼蜮之歸者良繇此耳今具耳目口鼻手足心思之體而忽然易之失其所常尊之者焉其亦不思之甚矣是故夙興夜寐以匪懈也靜養動存以無貳也樂行憂違無時而不奉以周旋也生順死寧以終始無違也詩曰不顯亦臨無射亦保傳曰無有

師保如臨父母嗚呼昔之君子葢莫不尊之也夫故
夫前而千古後而千古億兆之人豈不能以尊此也
哉容有所未知也未知則必求諸其先知者焉舍往
聖之立言行事奚適矣然而以言乎事則至簡也以
言乎言則至微也以億兆衆人之資而欲求往聖於
至微至簡至難也是故卽此而反求近思以得之者
善學之能事也自此而誦說援引愈詳而愈遠者支
離之流弊也故必有脫然真知其可尊而尊之焉則
天地同其大日月同其明江河同其行寒暑同其信

孰得而易之孰得而禦之也哉後之志高材疏者樂其超詣之速而遽忘其反思審察之功槩以一言蔽其學茫洋濩落幾入於狂簡之域而不自反賊害本心反有甚於纏繞語言文字者此豈非狎大人侮聖人之言不知天命而不畏者哉故使迂儒曲士指其末而目以異端之歸則亦無怪其然矣嗚呼必有明識之士出入其間而歷知異同之故流弊之害慨然反而求之有以盡其心體之大而致其用焉天地弗違也鬼神無間也此豈非振世之豪傑者乎伯厚誠

不移於習俗不怵於時尚奉承乃祖乃父之訓而尊其所尊者焉歸乎江山之上縉紳先生必有能爲伯厚言之者延祐元年四月朔記

西山書院記　　虞集

建寧路浦城縣眞文忠公之故居在焉其孫淵子言其族人用建安祠朱文公之北築宮祠公相率舉私田給凡學於其宮者而請官爲之立師江浙行中書省上其事朝廷題之名之曰西山書院列爲學官實延祐四年四月也是年天子命大司農晏翰林學士

承旨其譯公所著大學衍義用國字書之每章題其端曰眞西山云書成奏之上嘗覽觀焉昔宋臣嘗繕寫唐宰相陸宣公奏議以進其言曰若使聖賢之相契卽如臣主之同時識者以爲知言繇今觀之宣公之論治道可謂正矣然皆因事以立言至於道德性命之要未暇推其極致也公之書本諸聖賢之學以明帝王之治據已往之跡以待方來之事慮周乎天下憂及乎後世君人之軌範蓋莫備於斯焉董仲舒曰人主而不知春秋前有讒而不知後有賊而不見

此雖未敢上比於春秋然有天下國家者誠反覆於其言則治亂之別得失之故情僞之變其殆庶幾無隱者矣公當理宗入繼大統之初權臣假公之出以定人心既而斥去之十年復召首上此書當時方注意用之未幾而公亡矣詩云人之云亡邦國殄瘁公再出而世終不獲被其用豈非天乎庸詎知百年之後而見知遇於聖明之時也然則公之祀豈止食於其鄉而已乎蓋嘗聞之工師之爲宮室也猶必有尺度繩墨之用樸斲締構之制未有無所受其法者也

爲天下國家其可以徒用其才智之所及者哉今天子以聰明睿知之資然能自得師尊信此書以爲道揆况衆人乎學者之游於斯也思公之心而立其志誦公之書而致其學聖朝將得人於西山之下焉不徒誦其言而已也九月甲子朔十三日丙子集賢脩撰承事郎虞集記

鶴山書院記　虞集

昔者儒先君子論道統之傳自伏羲神農黄帝堯舜禹湯文武周公至於孔子而後學者傳焉顔子没其

學不傳曾子以其傳授之聖孫子思而孔子之精微益以明著孟子得以擴而充之後千五百年以至於宋汝南周氏始有以繼顏子之絕學傳至程伯淳氏而正叔氏又深有取於曾子之學以成巳而教人而張子厚氏又多得於孟子者也顏曾之學均出於夫子豈有異哉固其資之所及而用力有不同者焉爾然則所謂道統者其可以妄議乎哉朱元晦氏論定諸君子之言而集其成葢天運也而一時小人用事惡其厲巳倡邪說以爲之禁士大夫身蹈其禍而學者

公自絶以苟全及其禁開則又皆竊取緒餘徼倖仕進而已論世道者能無盡然于兹乎方是時蜀之臨邛有魏華父氏起於白鶴山之下奮然有以倡其說於摧廢之餘拯其弊於口耳之末故其立朝惓惓焉以周程張朱四君子易名爲請尊其統而接其傳非直爲之名也及既得列祀孔廟而贊書乃以屬諸魏氏士君子之公論固已與之矣及我聖朝奄有區夏至於延祐之歲文治益盛仍以四君子并河南邵氏涑水司馬氏新安朱氏廣漢張氏東萊呂氏與我朝

許文正公十儒者皆在從祀之列魏氏之曾孫曰起者隱居吳中讀詔書而有感焉曰此吾曾大父之志也何幸親復見諸聖明之朝哉今天下學校並與凡儒先之所經歷往往列爲學官而我先世鶴山書院者臨邛之灌莽莫之剪治其僑諸靖州者存亦無幾而曾大父實葬於吳先廬在焉願規爲講誦之舍奉祀先君子而推明其學雖然不敢專也泰定甲子之秋廼來京師將有請焉徘徊久之莫伸其說至順元年八月乙亥皇帝在奎章之閣思道無爲其官其得

侍左右因及魏氏所傳之學與其孫起之志上嘉念焉命臣集題鶴山書院著記以賜之臣聞魏氏之爲學卽物以明義反身以求仁審夫小學文藝之細以推致乎典禮會通之大本諸平居屋漏之隱而克極於天地鬼神之著巖巖然立朝之大節不以夷險而少變而立六言垂範又足以作新乎斯人蓋庶幾乎不悖不惑者矣若夫聖賢之書實縣秦漢以來諸儒誦而傳之得至於今其師弟子所授受以顓門相尚雖卒莫得其要然而古人之遺制前哲之緒言或者

存乎其間蓋有不可廢者自濂洛之說行朱氏祖述而發明之於是學者知趨乎道德性命之本廓如也而從事於斯者誦習其成言惟日不足所謂博文多識之事若將畧焉則亦有所未盡者矣況乎近世之弊好爲鹵莽其求於此者或未切於身心而考諸彼者曾弗及於詳博於是傳注之所存者其舛僞牴牾之相承旣無以明辯其非是而名物度數之幸在者又不察其本原誠使有爲於世何以徵聖人制作之意而爲因革損益之器哉魏氏又有憂於此也故其

致知之日加意於儀禮周官大小戴之記及取諸經注疏正義之文據事別類而錄之謂之九經要義其志將以見夫道器之不離而有以正其臆說聚訟之惑世此正張氏以禮爲教而程氏所謂徹上徹下之語者也而後人莫究其說以兼致其力焉者之所謂鹵莽日以彌甚甘心自棄於孤陋寡聞之歸嗚呼魏氏之學其可不講乎今起之言曰起幸甚身逢聖天子文治之盛追念先世深惜舊名起將於斯與明師良友教其族人子孫昆弟及鄉黨州閭之俊秀庶乎

先君子之遺意而魏氏子孫世奉其祀事精神血氣之感通亦於是乎在其有託於永久而不墜也下亦悲乎臣之曾大父實與魏氏同學於蜀西故臣得其粗者如此敢輙書以爲記魏氏名了翁字華甫臨卭人故宋慶元己未進士仕至資政殿大學士參知政事僉書樞密院事都督江淮軍馬贈太師封秦國公謚文靖而學者稱爲鶴山先生云

張氏新塋記

虞集

故資政大夫中書左丞樞密副使贈推誠同德佐運

功臣太師開府儀同三司上柱國追封魏國公謚忠
宣張公諱文謙字仲謙世爲順德沙河人大父諱宇
贈保節功臣銀青榮祿大夫大司徒柱國魏國文愍
公父諱英贈純德秉義功臣太保儀同三司上柱國
魏國簡懿公皆葬沙河之蓋里公之子榮祿大夫陝
西諸道行御史臺御史中丞晏次曰奉議大夫侍儀
引進使杲次曰某官昇孫曰承事郎曹州判官孝誠
次曰奉訓大夫林州知州孝則曾孫曰某至元二十
年二月壬申公薨葬先塋之次晏病其土之隘且茁

也中心慊焉以世家仕於朝爲大臣不得在鄉里至治元年自陜西以病歸老數徵用輙謝不赴家居十年購得善地郡城西八里曰董村掘深六十尺始及泉嘆曰吾親而得藏於斯也庶乎其可以無悔焉爾矣卜得天歷三年四月某日吉將奉柩遷焉魏國夫人劉氏祔張氏新塋肇諸此使孫則來京師謁太史集徵文以識之集嘗覲於世祖皇帝之世矣自其在藩至於即位文武小大之臣乘運以興者各自職事見功業求其悃愊深厚知爲國之本造權輿於屯昧

不學者於公見焉太保劉公秉忠學術通神明機算若龜策其所以爲上計者審矣當是時軍國之重則有宗親貴人而書記征發之責取才金氏之遺而有餘也乃獨薦公爲謀臣在上左右主儒者使陳先生之道雖若迂於智數而世皇信用以一天下而貽子孫無疆惟休其迹無得而名焉嗚呼自孔子孟子沒豪傑各以其資奮而內聖外王之學千數百年無能道之者生民況得被其澤乎宋儒始有以遠接其端緒而朱子爲能集其書之大成然猶以是取怪時人

身幾不免自其學者誦而習之亦或莫究其旨許文正公衡生乎戎馬搶攘之間學於文獻散逸之後一旦得其書而尊信之凡所以處巳致君者無一不取於此而朱子之書遂衣被海內其功詎可量哉夫孰知先後扶持時其進退久速使其身安乎朝廷之上而言立道行者公實始終之也嗚呼微朱子聖賢之言不明於後世微許公朱子書不著於天下微公則許公之說將不得見進於當時矣庸非天乎中統建元以來政術與時高下獨成均之教彝倫大農之典

稼穡歷象之授人時凡出於公之所爲者皆隱然而有不可變者詩云樂只君子邦家之基其公之謂乎凡公歷官行事歲月具見神道碑文集輙掇其關於國家治教之大者如此云

御史臺記　　虞集

天曆元年十一月壬申御史臺臣入見內殿皇帝若曰以予觀於天下之治不有臺憲之司布在中外則何以肅綱紀正風化輔成朝廷之大政而休息吾民乎始我世祖皇帝卽位之十年始立御史臺以總國

憲其憂深慮遠使吾子孫有以周防於隱微禁制於
暴著其在斯乎朕三復貽謀究觀法意懼無以彰皇
祖創始之明責任之重其刻石內臺儆有位於無窮
焉丁亥御史大夫臣伯顔等言謹具石請刻詔書制
詔國史汝世延汝集等其製文係以御史大夫以下
至監察御史姓氏臣世延自中丞行臺江南臣集承
詔再拜稽首而言曰我皇元之始受天命也建旗龍
漠威令赫然小大君長無有遠邇師征所加或克或
附於是因俗以施政任地以率賦出其豪傑而用之

禁罔疏濶包荒懷柔故能以成其大制作之事葢有待也世祖皇帝聖繇天縱神武不殺智屈群策取善無方定天下而一之乃考帝王之道酌古今之宜建國紀元而著令典焉立官府置郡縣各有其職而上下相承內外相維聯屬貫通以通功成務丞相中書以統之上承天子出政令於天下較若畫一莫敢踰焉其或任焉而非人令焉而非法近焉而弗察遠焉而弗達交脩其非以輔其所不逮則責諸風憲他官雖貴且重不得預況乎朝廷百執事郡縣小大之吏

作姦犯科爲不善者乎是故使其君子安焉以盡心使其小人懼焉而遷善而天下之治成矣此其官所以不可一日闕歟今上皇帝以武皇之親子久勞於外入正統緒罪人斯得功成不居克讓大位故其觀乎事變之極而知患得患失者必至於無所不至察乎民庶之隱微知其蠹弊深刻而無所告愬故慨然當宁興嘆而屬意於斯者豈偶然哉謹按御史臺至元五年置秩從二品二十一年陞正二品大德十一年陞從一品臺有大夫一人後增一人中丞二人後

又增二人隨復故侍郎御史二人治書侍御史二人殿中侍御史二人治朝著之事典事二人掌幕府文書之事後改爲都事三人後又以都事之長蒙古若色目一人爲經歷檢法二人後廢管勾三人其一人兼照磨監察御史十二人後增至十六人皆漢人又增蒙古色目人如漢人之數今三十二人至元十四年旣取宋置南行臺二十七年專蒞江南之地號江南諸道行御史臺官秩如內臺而監察御史今二十四人西行臺初繇雲南廉訪司陞行臺大德元年移

治陝西號陝西諸道行御史臺蒞陝西甘肅四川雲南之地延祐間暫廢隨復其官秩如南臺而監察御史令二十人至元六年初置各道提刑按察司正三品有使副使僉事察判經歷知事二十八年改肅政廉訪司使副使僉事各二人大司農奏罷各道勸農司以農事歸憲司增僉事二人經歷知事照磨各一人令天下凡二十二道始建臺時大夫則塔察兒也令六十年繼居其官者名氏拜罷歲月則有掌故在謹記

元文類　之三十終

元文類卷之三十一

元　趙郡蘇天爵伯修父編次
太原王守誠君實父校訂

記

石田山房記

馬祖常

桐栢之水發爲淮東行五百里合溮潢山谷諸流左盤右紆環繚陵麓其南有州曰光土衍而草茂民勤而俗樸故贈騎都尉開封郡伯浚儀馬公實嘗監焉公之子祖常少賤而服田于野以給饘粥鄉之人思

慕郡伯之政念其子之勞而將去也迺爲之卜里中地亟其葺屋而俾就家焉屋之側有崇丘可五七丈溪水傍折而出岸碕之上嘉樹苞竹薈蔚蔽虧前爲木梁梁溪而行周垣悉編菅葦門屋覆之以茨歲時里隣酒食往來牛種田器更相貫貸寒冬不耕其父老各率子若孫持書笈來問孝經論語孔子之說其耕之土雖磽瘠寡殖不如江湖之沃饒然猶愈於無業也祖常者因樂而居焉於是名其屋曰石田山房且自爲記與圖以屬當世能言之士請爲賦詩異日

使淮南人歌之

小圃記

馬祖常

余環堵中治方一畛地横縱爲小畦者二十一塍崑崙奴頗善汲晝日緪水十餘石井新浚土厚泉美灌注四通春陽土脉亦僨起古所謂滋液滲漉何生不育者信矣哉雜蘆菔蔓菁葱薤諸種布分其間棚以稭薪限狗馬越入蹂躪圃在前時爲故王馬廄土有糞合水之膏澤併漬之後萊熟芼羹以侑廪米之饘餾吾於世貧蓄寡取也如是可日計矣學子汪瑄曰

鑄鐵作齒綴于横木使土平細尤宜菜余謂不然土之力完則殖繁若力盡則亦不殖矣因爲治小圃記

上都分院記

馬祖常

天子歳省方留都丞相侍省中率百官咸以事從或分曹釐務辨位考工或陪扈出入起居供張設具或執櫜鞬備宿衛或視符璽金帛尚衣諸御物惟謹其爲小心寅畏趍走奉命罔敢少怠而必至給沐更上之日迺得一休也惟詞臣獨無它爲從容載筆給軺傳道路續食持書數囊吏空牘旬日不一署文書夙

夜雖欲求細勞微勤以自効而亦無有然後知上之
人不欲後其心使之研精於思慮而專以文字爲職
業非如衆有司務以集事爲賢者也至治三年汝陽
曹公子貞分直學士院寶應從行祖常攝官待制聯
爲出偕上日懼讓薄無以稱其官幸遭逢國家治康
內外淸謐臣隣廉耻不煩訓誨蠻夷懷柔不待約束
所以敷宣播告之辭猶慎且簡閒爲民歲而祠其祠
之祝亦不誣神而夸故其意質而文又寡是以益積
其藴蓄而不得肆發而爲謌詩以形容國家太平之

功乃更相與樂其秩之美而喜其被光寵於明世也吾徒之服是選者艮亦榮矣夫艮亦貴矣夫可不研精於思慮以俟上之召必踏渾噩之實而列陳之則庶乎不戾於躬也不戾於躬則於古也近矣志諸壁因以存故實云是歲六月翰林待制承務郎兼國史院編修官馬祖常記

績溪縣尹張公舊政記　宋本

徽之績溪人程燧走京師致其邑之老之言曰今江浙等處行中書省參知政事張公當大德十年尹吾

邑有善政去二十二年吾民未嘗忘使燧叩其事之
徵於神者一徵於人者七將求文章述載刻金石以
傳吾子攻文辭聞四方敢請予曰當在官樹碑頌功
德藉曰有禁不爲於去之始必待二紀之久何也曰
吾邑之老曰公之政著吾邑人之心吾邑不必碑故
不謀之始去去闔焉若是而終將碑者蓋天下行省
十民物浩穰莫吾江浙入郡邑類千百守令廉墨哲
愚不齊小民遠朝廷被刻害者多而守令率中人十
七八不能不計利功公以良民使獲知於上歷顯要

來參預吾省政事故將傳以警凡有民社者俾慕以思企及則吾江浙類千萬人庶日就安樂不然吾邑之人耋語壯壯語弱弱語穉固不忘也奚求堅於石曰是固然然微江浙屬獨不病識者之議媚夫人乎曰吾儕小人固嘗竊惑於是吾邑之老曰夫嫌賢者不避吾將以警在位期吾東南民安樂可以嫌遂已曰昔宋璟當國廣州民刻石頌德璟奏禁止公法璟碎女石奈何曰苟得刻吾子文一日即碎其事之傳固不可遏而足以警職字民者矣吾邑之老比羸糧

主進以遣燧也固已集閭巷反復計之矣以爲無不
可故來願無讓曰然則請其詳曰歲丙午丁未邑荐
饑民或攘竊自活胡寄者聚羣不逞將據山林負固
嘯刼爲公覺皆就擒以勸分振乏民得不死殍不魚
肉於盜邑歲貢金三鋌視民田多少爲賦貧者或鬻
永業富民而不更籍吏驗文書徵貧者如故往往被
箠楚破家負責遁逃公一責諸田今所主家貧者悉
得蘇舊徭役弗均無條教繩墨公召民俾度力所堪
第高下自承皆不敢隱列爲簿帳始終相沿民獲其

平國制用中原兵戍江南列城非大故不易而兵若民異屬萬夫長千夫長百夫長恃世守凌轢有司欺細民細民畏之過守令其卒羣聚爲虐或訟之有司舉令甲召其偏裨共弊則諾而不至事卒中寢民若無可奈何邑戍卒許來孫尤縱暴民陳亨愬之公遣吏語其長曰若兵爲凶虐逮械以來則罪止其身不然且具若姓名以御衆無紀統聞諸司憲二者若擇之其長皇恐索來孫縛致受罪後或以徼巡當至村落間亦必白始敢出雖出民雞狗不驚邑之十一都

有死比丘棄谿中不知主名公以事道溪側忽羊角風擁馬首旋不已公顧吏吾聞長老言羊角風多異物憑附豈比丘有靈耶因祝期三日必索賊爾者償死命乃物色鉤致之則死者爲慧能竊其主僧普成私藏成殺之成遂伏辜邑之孔子廟壞又無田食師生公新廟復出俸錢率僚友與儒之富者買田供祭祀饍饈文教以興邑吏程汝揖貪而險以贓罷居里中無以生偵民有少不平族其訟佐之請謁巳旁緣自資且既餌臨政者因持其短長以蠹民梗政莫敢

何問公發其姦杖之按法塗其門側垣爲赤方大書識其惡豪猾屏息此徵於人者也邑有神汪姓自唐廟食至宋得王封甚靈吏廉明敬共者禱雨暘災福必應有羣虎豩無爲絶江入宣歙境食人畜邑被害尤甚咢窜無所施公潔齋禱神居無何第五都里啇夫上言有異獸若彪然逐虎食之虎畏駭悉去不敢留此徵於神者曰若此巳乎曰公之邺民隱理民利病甚多故吏耆年亭父落長嘗奔走左右者少日老以耄老日病以死今可一二目之者此也然耋壯弱

稚以公政之善著之心者則不以能舉其迹多少爲
在亡也嗚呼三代直道而行者斯民也徽俗厚矣政
之善能使人不忘宜也無足異予獨愛績溪之人然
其知有未盡者夫尹是邑嘗有善政閱一十二年來
爲參知政事以耳聽目視相接固可勸官東南者而
朝廷拔循良至位宰執使天下後世知黜陟以道不
既美乎予初第時已聞公廉直精吏事爲聞人入翰
林則又知公以左司郎中鯁亮言天下事積忤權姦
爲忮恨至得禍不避遭中廢士大夫翕然高之及起

而參議都省事予爲兵部員外郎則又見其臨事剛特不少懲以替續溪之老烏知國家用其尹者不翅善其邑之政也昔裴均以故相臨藩方其屬韓愈第以其貴富爲記其少時河南府同官立石均故爲參軍舍庭中則固不以媢自疑且不以去之久而不之文也用是爲記公舊政暨邑人所未知俾歸刻之以風厲字民者公名毅字彦弘睢陽人泰定四年二月奉政大夫中書省左司都事宋本記

水木清華亭記

宋本

至治三年予過郎周君景春語予吾白馬湖園田予嘗觴其會心亭者吾歲再三至至輒留數十日雖頗野逸吾猶以近城郭過客夥往往聞官府里巷事爲可厭別買小山敖山驛旁築亭其上距城六十里而遠非親戚故人來候終歲無適剌者其奇勝岑蔚視白馬湖不啻什百因共往臨觀徘徊忘歸暮就宿亭下既別君以北懷其境必形思夢數數念君爲能自適葢親大林丘山者莫樵牧農夫若然其目不知書詩眛道理勞斧斤耜耒指跰胝肢無毛以登陟作業

雖日涉衹見其苦常試問之將悼其生之在野又烏知愜心目高深耶知者獨士大夫士大夫有良田美池可以適者詎止君然不得如君者恒多苟名士大夫率不甘湛湎稠人中必振拔自豪求尺寸名詫九族儕類西東馳騖無已時其鄉有十年廿年不至者況良田美池否則塹至集農夫耕穫校斗斛合龠詐欺不得自休息又否則射歉飢發積授校識出布籌會入窮日疲極而睡旦復乘車騎馬還市中視邸舍化居自適之樂奪矣君爵祿不入心又不肯自嬰世

故聞人爭競是非遠避如不及至山中納履策杖修然往來林下遇田父道人坐談或畧具酒茗資笑樂種稑豚雞播若字如干悉置不省於是山林可愛而玩者若皆効奇以出不爲外奪故也它士大夫能效君則其圃田詎皆無奇是非君擅有斯樂不讓人不卽之耳予雖知亦無田不能自還今茲日戴星入曹局治文書往往不遑食暮歸脫冠帶惛然就枕當是時思自適周氏亭中邈不可得既以賢君又恨樵牧農夫之悼在野也初君求名亭以記諾之三食新矣

芾果其子禺亨游京師復以君意趣亨歸乃追思所履以睹者名亭曰水木清華而記之所買山在郡北未至里許即行田間蹝踔塍畛上若緣山實小阜嶐而上平稗杉數十章秀竦可愛前臨溪濶四五尺夾溪苗松無數若髮水泚然歷沙石灣磴瀏瀏有聲又前則田疇迤邐亭半出溪上三楹頗加黝堊敞潔以雅亭右山麓青篠赤棘中得微行至一泓號龍潭山中人傳龍嘗起於是樛條灌肆繞之水淨淥雨旱不登耗阜之後泊旁高山巨木彌望勢皆走亭泰定四

年三月朝列大夫禮部郎中宋本記

湖南安撫使李公祠堂記　宋本

故宋朝散大夫祕閣修撰樞密院副都承旨知潭州湖南安撫使李公以至元十二年冬爲我師所圍城守三閱月隨方備禦數戰無外救不能支明年正月四日城破公不肯屈曰吾死固分家亦不可辱於俘乃積薪州治雄湘閣命妻孥十九人登其上召帳下沈忠曰汝先殺吾家次及我然後縱火忠不忍强之始如命忠感公義亦自剄事載宋野史湖湘間父老

亦能道之公衡人宅在郡西南至元間有司以爲學建祠學東偏置公畫像其中奉之久頹壞天曆二年校官劉侶上言提舉儒學官曰前政祠公號山主謂學其宅也是特細者公盡心所事一宜祠衡爲公鄉校鄉校嘗出忠義人可增重二宜祠乞葺公故祠塑公像且宜以故宋知衡陽縣穆君侑食穆君諱擴祖初尉縣當憲宗皇帝之九年十月大將兀良合台以天兵繇大理交趾入廣南西道先鋒破永州衡守令丞暨民皆走穆君戍石灣聞難還救時所在盜充斥

穆君緣道捕擊始得行比至先鋒入城見民大去餘空室火之而退十一月穆君達城中招散亡以守閏十一月兀良合台進駐青草渡聚舟欲絶湘夾攻穆君提兵水東岸楊林廟相拒七晝夜募死士沈所聚舟兀良合台遂舍去衡卒以完公薦諸朝超七資以承務郎知縣事穆君公故吏德同義北衡民又嘗賴以活佀謂公宜祠穆君宜侑者以此提舉官報行廼修祠屋塑公像其中左以穆君配工畢佀之父淳安縣尹壽翁走書京師求予記嗟乎當歲巳未憲廟親

幸蜀世祖皇帝以皇弟帥兵渡鄂將與兀良合台共
會江左宋人號斡腹之師掎角擣虛勢急雷電穆君
以一尉軍孤壘小敢與之抗克免於厄譆哉及淮安
王伯顏受命南伐郢之沙陽新城戍將嘗一再戰及
陽羅敗岈岸江郡邑小大文武將吏降走恐後其降
者或自言未賞賚或又自言已雖得名位子弟部曲
未官至或自言某郡某城有已屋室奴婢資業身先
未降時行營嘗謂若納欵俟下其地悉見還今已克
其所乞如向所許可羞可惡之狀百出死城郭封疆

者間有一二求如李公之死之明白偉特蓋鮮累聖
下詔書郡國及忠臣烈士之祀者十九公與君合食
一祠信宜矣然予又有告衡校官者昔金將亡其威
勝軍節度使兼沃州管內觀察使右監軍行元帥府
事趙慤與天兵戰高邑被擒怒罵不屈以死其子嵩
汝招撫使良貴孫十人長讜弟子忠勇軍提控良材
皆以戰敗死國事至元六年慤次子良弼以祕書監
使日本將行上奏曰臣家世仕金源死事者四人嘗
欲紀其行實以事在前朝無禪聖代造次未敢謹昧

死上聞乞聖慈矜憫上曰人臣各爲其主父忠於所事雖在前朝亦朕心所嘉況有賢子爲吾藎臣何嫌何疑不以立石哉命中書省傳旨翰林學士王盤撰文刻其贊皇家廟嗟乎世祖之心惟天似之今皇上神聖文明動法祖宗而學校清議所根苟能援慤比言之朝曰公與慤皆亡國人慤家死者四人公自戕一家節不下慤乞褒寵如慤萬一開可赦詞臣紀其事則既可爲公光耀又能作沇忠像其側以侍所勸將益廣而祠爲大備矣試思之公諱芾字叔章號肯

齋先生其先洺之永年縣萬頃鄉招農里人穆君字公有天彭人仕至湖北僉憲壽翁名彭壽郡人延祐二年進士於予爲先達至順二年七月一日記

都水監事記

宋本

都水監丞張君子元致其長[虫風]八耳君之言曰吾職古爲澤衡元制秩三品所以列朝著者有典掌有屬有事功而廢置有沿革然設官四十一年矣嘗蒞是者無慮百餘人其勤勞職業豈少哉曹署老吏日以亡簿書歲畀掌故日以蠹爛有所徵考則茫然昧所

嚮殆非所以謹官常備遺忘也幸文以紀其槩將刻石聽事爲方來益敢最其事於牘以溷子讀之則知監始以至元二十八年丞相完澤奏置於京師監少監丞各二員歲以官一令史二奏差二壕寨官二分監于汴理決河又分監壽張領會通河官屬如汴監皆歲滿更易泰定二年改汴監爲行監設官與內監等天曆二年罷以事歸有司岸河郡邑守令結銜知河防事而壽張監至今不廢此其沿革大都河道提舉司官三幕官一通惠河牐官二十又八會通河牐

官三十又三此其屬通惠金水盧溝白溝御清會通七河通惠之廣源會川朝宗澄清文明惠和慶豐平津溥濟通流廣利會通之會通土壩李海周店七級阿城京門壽張土山三叉安山開河岡城兖州濟州趙村石佛新店師莊棗林孟陽泊金溝沽頭五十五牐阜通之千斯常慶西陽郭村鄭村王村深溝七壩都城外內百五十六橋皇城西之積水潭隸焉凡河若壩塡淤則測以平而浚之牐橋之木朽蠹裂則加理牐置則水至則則啓以制其涸溢潭之冰共尚食

金水入大内敢有浴者澣衣者弃土石瓴甋其中驅馬牛往飲者皆執而笞之屋于岸道因以陿病牽舟者則毀其屋碾磑金水上游者亦撤之或言某水可渠可塘可捍以奪其地或某水壅民田廬則受命往視而决其議禦其患大率南至河東至淮西洎北盡燕晉朔漠水之政皆歸之此其典掌至元二十九年鑿通惠河繇京師東北昌平之白浮村導神山泉以西轉而南會一畝焉眼二泉繞出瓮山後匯爲七里濼東入西水門貫積水潭又東至月橋環大内之左

與金水合南出東水門又東至于潞陽南會白河又南會沽水入海凡二百里立牐二十四役工二百八十五萬費以鈔計百五十二萬米三萬八千七百石木十六萬三千八百章銅鐵二十萬斤灰油藁稱是八月經始三十年七月畢事以便公私至治二年七日石麗正門南之第一又南第一橋以壯郊祀御道蓋京師橋牐舊皆木宰相謂不可以久嘗奏命監漸易以石今牐之石者已九橋之石者八十又九餘將次第改之役之用洎勞蓋可臆度玆畧不書泰定元

年七月唫積水潭之南岸以石衮千二百五十尺繚以赤闌風雨湍浪不崩不淖以利往來至治元年七月大霖雨盧溝决金口勢瀕王城補築隄百七十步崇四十尺水以不及天邑此其事功嗚呼明典掌建事功在位者事也若曹署之廢置屬之衆寡則亦當究知繼官是監者能惓惓於此則無負數君子意矣我世祖以上聖膺開物之運建邦設都樹官府國中與列聖之文致太平更植疊立使佩印綬食奉錢廩稍秩三品及過而上者將數十百所詎皆無沿革典

掌與屬與事功哉未聞出意見求搢紳先生紀之者則數君子敬事以近文可知矣矧徒有典掌有屬而無事功稽其沿革以不能道者哉抑水之利害在天下可言者甚夥姑論今王畿古燕趙之壤吾嘗行雄莫鎮定間求所謂督亢陂者則固已廢何承矩之塘堰亦漫不可迹漁陽燕郡之戾陵諸堨則又併其名未聞豪傑之意有許以興廢補弊者恒慨惜之或又謂酈之沽口田下可勝以稻亦未有舉者數君子能職思其憂若是是殆濟矣故以是卒記之監者潭側

北西皆水廳事三楹曰善利堂東西屋以棲吏堂右少退曰雙清亭則幕官所集之地堂後爲大沼漸潭水以入植夫渠荷芰夏春之際天日融朗無文書可治罷食啓窻牖秀蛇騁望則水光千頃西山如空青環潭民居佛屋龍祠金碧黝堊横直如繪畫而宫垣之内廣寒儀天瀛洲諸殿皆巋然得瞻仰是又他府寺所無至順二年三月宋本記

滋溪書堂記

宋本

延祐六年予初來京師聞國學貴游稱諸生蘇伯脩

以碣石賦中公試釋褐授薊州判官往往誦其警句名籍甚欲一識則已赴上及還始與交因得知伯修多藏書習知遼與金故實暨國朝上公碩人家伐閱譜系事業碑刻文章既久又見其嗜學不厭嘗疑胄子有挑達城闕者已仕即棄故習者伯修獨爾其淵源必有出師友外者詢之則果自其先世曾大父少長兵間郡邑無知爲學者已能教子爲人先其大父威如先生教其考郎中府君尤嚴或曰君纔一子盍少寬輒正色曰可以一子故廢教耶先生學廣博嘗

因金大明曆積算爲書數十篇曆家善之府君既爲
時循吏好讀書教伯修如父教已有餘俸輙買書遺
之於是予疑益信又久之則其所著書曰遼金紀年
曰國朝名臣事略者皆脫稾而今之諸人文章方類
稡未已士大夫莫不歎其勤伯修汲汲然至不知飢
渴之切巳也日謂予昔吾高王父玉城翁當國初自
汴還眞定買別墅縣之新市作屋三楹置書數十卷
再傳而吾王父威如先生又手自鈔挍得數百貯之
因名屋曰滋溪書堂蓋滋水道其南也歲久堂壞先

人葺之而不敢增損且漸市書益之又嘗因公事至江之南獲萬餘卷以歸吾懼族中來者不知堂若書之始幸文之將刻石嵌壁以示嗚呼有子不知教不論教而不克如志者如志而不得及子子者皆是也求若蘇氏四世知爲學懿哉世之致爵祿金玉良田美地者其傳期與天地相終始然有身得身失者況其後萬有一能振奮過祖禰者則又鄙昔之人無聞知撤敝廬創甲第矜貴富病先世之微不肯道而翁之堂府君能葺之伯修能求記之翁之書先生能加

多府君又益增之伯脩之購求方始不第能守也非有以將之能若是乎府君葺堂不敢有加以求勝前人伯脩有屋京師眞定皆不敢求記獨惓惓是區區之三楹者又可以爲薄俗警矣抑蘇氏雖世爲學獨威如先生有著述伯修著述益富豈聞祖風而興耶然予聞自先生至伯修三世皆一子惟其能教故悉克自樹立今伯修亦一子阿瓚甫齔而穎拔可就傳伯修能繩先生義方以造之則堂暨書之傳邈乎未可概也是爲記伯修名天爵今以翰林修撰拜南行

臺監察御史云至順二年十二月廿六日大都宋本記

臨高縣龍壇記

范梈

距臨高縣西二十里曰西村有龍壇宋故事令天下旱雩擇郡縣地爲壇刺史縣令帥諸史奉祭具如法茲其遺也壇三成長一丈廣半之北有潭東西廣七百尺北南少東西廣七之二中潭有穴二水碧黑色探之無底父老傳天聖間嘗有白龍出焉其在祀典者以此潭水西灌千畝大旱不殺甚雨不涌或曰地

近海穴與海通故然天久乾青白氣上騰禱者以爲
雨應延祐元年安豐牛君某來尹是縣會旱禱之雨
三日既祭又雨穀大熟思所以侈靈報貺惟是表章
先時民有侵壇側地以食者墾鑿四起褻汙不虔君
盡復而樹之注汲有塗奠瘞有次泓涵澄映勃鬱葱
蒨歲時祈報贊拜跪起祀官以嚴神靈以欣二年又
旱余録因歷縣尹請遂其事刻諸石欲往察不果命
吏翦薉翳審面勢以來且與龍約曰庶余文哉以神
貺余吏反而雨隨至禾乃大起吁亦靈已夫宰百里

所以治夫人也神依人者也依乎人者事之猶若是
備至則治人之道何以尚之況山川之功在禮有足
稱者迺授以樂龍之章俾其人世世歌以承祀且并
刻焉辭曰
僊僊兮舞羽坎坎兮拊鼓龍之居兮有宮棟白雲兮
下爲宇湛湛兮天門龍之徠兮從繽紛去莫去兮回
皇洞簫亮兮須君蹇須君兮日復夜杵有蒸兮芳有
籍折素馨兮揚眉玄夭矯兮上下我有大田兮海之
隅諸蕷充實兮黍稻于于終古兮介祐子孫兮樂胥

懷友軒記　杜本

余少時喜遊名山川聞武夷最勝而最遠常按圖指畫擊几爲節詠九曲擢歌想昔人之餘韻謂不得遂其願慕之心矣皇慶初元以御史大夫朮公薦在京師獲託姓名於四方之士于時張君伯起以甲子科校書祕省詹君景仁亦辟掾二公府三人者暇輒相從以問學切磋爲事廼二君皆粵産而景仁世家武夷嘗極道其谿山高深環合千態萬狀有終身不得窮其趣者先世有田數十區有書數百卷足爲賔客

一日之具吾子其將有意於斯乎余聞而識之延祐間景仁出貳浙東憲幕伯起亦佐郡三山余以微言迕執事之臣書不報而去遂得挾册山中償夙所願蓋二君之力也因欲結茅谿濵而山石犖确自非仙人道士餐霞茹芝乘風馭氣者罕得屆之遂泝流至星村則開廓平衍有詹氏之故居焉然與市井相淆綜又泝流而至建峯地皆良田美竹有類嵩邙鄽穀之間稍憩息南湖之履堂遇一儒者與叙語欣然若故人同行未五里許平川鄣然閒之百年榛莽矣自

九曲至是僅半舍而遊者已罕至然水益深緩山益磅礴西南諸峯巉絶出霄漢其最峭拔者爲雲巖雲氣起伏其下鄉人於此候雨暘焉天高氣肅時一登望江之左右淛之東西三山海日七閩煙靄皆隱約于指顧間武夷諸峯並列于下巖巒林壑澗谷淵渚泉池潭洞曾見疊出不可致詰無不稱遊觀之志焉余與景仁顧而樂之請景仁贖其榛莽之虚而剗薙蓺植之擬卜居未暇乃即其東偏構堂室携妻子讀書其中又得茀地而蕃之植兩楹爲軒以舍余其間

戶牖簡朴藏修游息在焉然每一俯仰輙思平生故交多海內名士或道德之高深或文章之雄雅或政事之明達或翰墨之神奇或節操之堅峻或信義之昭白或譚論之該綜或考覈之精審或出處之慎重或神情之閑曠乃皆在神京大府湖江之外不得相觀以成其志寧不重有所懷邪因題其軒曰懷友以著余心尚幸所藏舊書可以朝夕披玩而余之所懷因得以考正於斯焉重惟聖人載道之經與夫百家子史所錄開極以來明聖之君昏暴之主忠良之臣

貞節之士酷虐貪殘之吏是非善惡之跡以及天官地志禮樂制受律歷名數龜筴醫方營繕種藝方言野錄仙佛變化之事至於匡鐫野刻塔寺宮廟彝鼎柱石井臼虛墓詭異之辭悉次於是庶開卷有得亦可謂益者之友效矣則雖親舊之交遠江海之跡疎然神會於文字之間猶能友于千古況同一區宇而並世者哉因輯其詞翰列氏名而記之以寓吾懷然其出處存歿雖異而余之所慕則不在於斯也

安先生祠堂記　歐陽玄

所貴乎處士者能以一己之所守爲一國之所慕雖當世英君誼辟操其總攬豪傑包舉宇內之柄一旦遇夫爵祿慶賞所不可致之人於是悵然企乎先王道德之懿眞有貴於己之所負挾者而後上之趣向定下之習俗成斯人者功下韓孟哉元有國以來學者言處士必宗容城劉靜修先生方是時聞其風而起者曰眞定安氏敬仲焉敬仲未嘗一造劉也顧得其傳於濂洛考亭者知之爲甚篤行之爲甚堅由是推宗以合於祖一也劉氏高亢明爽梯級峻絕士親

炙者寡安氏簡靚和靜襟韻敞夷士樂附者衆異時有祠宜乎抑自先世石峯恕齋兩先生以學淑其鄉蓋三世百餘年于茲矣此又祠之所由作歟敬仲既歿門人蘇君伯修貽書同舍稾城西管鎮李君士興請祠爲鄉先生士興議克合乃築於鎮作三賓而奉之自敬仲上而至於石峯恕齋咸有位焉明世美也落成帥里塾子舍萌歲時具蠲所事至是伯修請余記之然余記安氏祠而本以容城者亦猶論東漢名節而始嚴光乎漢至孔張末之儒也矣微光東都士

何自作新哉光未必知道也而且如彼而況吾濂洛考亭乎而況吾容城乎夫瞽宗祠於學鄉先生祠於社古典也瞽宗久無聞鄉先生有祭自伯修士與始以是知古道無難復人患不爲爾繼自今西管鎮之俗日益以厚其民敬學而賤利其士樂道而遠勢安氏之澤其既乎讀是文者尚知所始石峯諱滔恕齋諱松敬仲諱應出處詳見家集云

趙忠簡公祠堂記　歐陽玄

臨川王安石以新學誤宋致天下騷然河南程氏兩

夫子出而救之卒不勝其說旣而蔡京爲相宗王氏說黜程氏學宋遂大壞京客張觷教京亟召程氏門人楊中立用之庶幾救其半及宋中興解人趙忠簡公鼎爲相首罷王安石孔廟配享尊尚二程子書凡其門人之僅存者悉見召用江左乃復振不幸秦檜相忠簡公斥程氏門人散亡洎中興業衰又不幸韓侂胄相禁建安朱文公熹之徒之爲程氏學者其後禁稍弛宋已日削皇元爝興江漢趙氏復能倍誦程朱書北度江私筆以授學者許文正公衡辭明其書

進以所得相世祖興禮樂文太平後是四十年貢舉法行非程朱學不式於有司於是天下學術凜然一趣於正時相尋定濂洛以下九儒及衡爲十人祀孔子廟庭天子從之至順二年春趙忠簡公六世孫質翁請即解之聞喜縣學爲忠簡祠其辭曰公當宋南度排王氏邪說崇程子正學以至于今有功於斯世甚大宜祠其鄉胄監集賢是其議中書禮部吉晉寧路以符屬其同年歐陽玄記之玄平居讀孟子至承三聖一章未嘗不掩卷汗下以爲何至是烈也及畧

致近世儒者學術之邪正有關於國家之隆替氣化之盛衰民物之榮悴其可徵者蓋如是嗚呼是祠豈細故哉公師邵伯温友胡寅其問學源委措諸行事詳見宋史質翁延祐二年進士卓然有志先正亦可槩見于斯

元文類卷之三十二

趙郡蘇天爵伯脩父編次

元　太原王守誠君實父校訂

序

傷寒會要序

往予在京師聞鎮人李杲明之有國醫之目而未之識也壬辰之兵明之與予同出汴梁於聊城於東平與之游者六年於今然後得其所以爲國醫者爲詳蓋明之世以貲雄鄉里諸父讀書喜賓客所居竹里

名士曰造其門明之幼歲好醫藥時易州人張元素以醫名燕趙間明之捐千金從之學不數年盡傳其業家既富厚無事於技操有餘以自重人不敢以醫名之大夫士或病其資高謇少所降屈非危急之疾有不得已焉者則亦未始謁之也大槩學於傷寒癰疽眼目病爲尤長傷寒則著會要三十餘萬言其說曰傷寒家有經禁時禁病禁此三禁者學醫者人知之然亦顧所以用之爲何如耳會要推明仲景朱奉議張元素以來備矣見證得藥見藥識證以類相從

指掌皆在倉猝之際雖使粗工用之蕩然如載司南以適四方而無問津之惑其用心博矣於他病也以古方爲膠柱本乎七方十劑之說所取之藥特以意增損之一劑之出愈於託密友而役孝子他人蓋不能也北京人王善甫爲京兆酒官病小便不利目睛凸出腹脹如鼓臍以上堅硬欲裂飲食且不下甘淡滲泄之藥皆不效明之來謂衆醫言疾深矣非精思不能處我歸而思之夜參半忽攬衣而起曰吾得之矣内經有之膀胱者津液之府必氣化乃出焉渠輩

巳用滲泄之藥矣而病益甚是氣不化也啓玄子云無陽者陰無以生無陰者陽無以化甘淡滲泄皆陽藥獨陽無陰欲化得乎明日以羣陰之劑投不再服而愈西臺掾蕭君瑞二月中病傷寒發熱醫白虎投之病者面黑如墨本證遂不復見脉沉細小便不禁明之初不知用何藥也及診之曰此立夏以前誤用白虎之過得無巳投白虎耶白虎大寒非行經之藥止能寒腑臟不善用之則傷寒本病隱曲於經絡之間或更以大熱之藥救之以苦陰邪則他證必起非

所以捄白虎也有溫藥之升陽行經者吾用之有難者云白虎大寒非大熱何以捄君之治奈何明之曰病隱於經絡間陽不升則不行經行則本證見矣本證又何難焉果如其言而愈魏邦彥之夫人目翳暴生從下而上其色綠腫痛不可忍明之云翳從下而上病從陽明來也綠非五色之正殆肺與腎合而爲病耶乃就畫工家以墨調膩粉合而成色諦視之曰與翳色同矣肺腎爲病無疑矣乃瀉肺腎之邪而以入陽明之藥爲之使旣效矣而他日病復作者三其

所從來之經與翳色各異乃復以意消息之曰諸詠
皆屬於目脉病則目從之此必經絡不調經不調則
其目病未已也問之果然因如所論而治之疾遂不
作馮内翰叔獻之姪櫟年十五六病傷寒目赤而頓
渴脉七八至醫欲以承氣下之已煑藥而明之適從
外來馮告之當用承氣明之切脉大駭曰幾殺此兒
内經有言在脉諸數爲熱諸遲爲寒今脉八九至是
熱極也而會要大論云病有脉從而病反者何也脉
至而從按之不鼓諸陽皆然此傳而爲陰證矣趣持

薑附來吾當以熱因寒用法處之藥未就而病者爪甲變頓服者八兩汗尋出而愈陝帥郭巨濟病偏枯二指著足底不能伸迎明之京師明之至以長鍼刺委中深至骨而不知痛出血一二升其色如墨又且謬刺之如是者六七服藥三月病良愈裴擇之夫人病寒熱月事不至者數年已喘嗽矣醫者率以蛤蚧桂附等投之明之曰不然夫病陰爲陽所搏溫劑太過故無益而反害投以寒血之藥則經行矣已而果然宣德侯經畧之家人病崩漏醫莫能效明之切脉

且以紙疏其證多至四十餘種爲藥療之明日而二十四證減前後五六日良愈明之設施皆此類也戊戌之夏予將還太原其子執中持所謂會要者來求爲序迺以如上數事冠諸篇使學者知明之之筆於書其已試之效蓋如此云

正統八例總序　楊奐

嗚呼正統之說禍天下後世甚矣恨其說不出乎孔孟之前得以滋蔓瀰漫而莫知翦遏也通古今考之既不以逆取爲嫌而又以世系土地爲之重其正乎

後之逆取而不憚者陸賈之說倡之莽操祖而誨之
也不曰予有慙德不曰武未盡善也以湯武之順天
應人而猶以爲未足況爾耶以世系言則禹湯文武
與桀紂幽厲並矣不曰賊仁者謂之賊賊義者謂之
殘殘賊之人謂之一夫而容並之以土地言則秦之
滅六國晉之平吳隨之平陳符秦之窺伺梁魏周齊
之交爭不息者所激也不曰以力假仁者霸霸必有
大國以德行仁者王王不待大湯之七十里文王之
百里以王道爲正也王道之所在正統之所在也不

然使創者不順其始守者不慎其終抑有以濟夫人主好大喜功之慾必至糜爛其民而後已其爲禍可勝計耶是以矯諸儒之曲說懲歷代之行事蔽以一言總爲八例曰得曰傳曰衰曰復曰與曰陷曰絶曰歸孰爲得若帝摯而後陶唐氏得之夏殷絶而湯武得之是也以秦隋而始年必書曰得何也庶幾乎令其後也未見其甚而絶之私也見其甚而不絶亦私也一世而得再世而傳固也武德貞觀之事既書高祖曰得繼之曰太宗得之何也原其心也其心如之

何謂我之功也功著矣奪嫡之罪其能掩乎而曰傳者誕也悲夫虔化之兵未洗靈武之號又建啓之不正習亂宜然是故君子惜之此變例之一也孰爲傳曰堯而舜舜而禹禹而後啓周之成康之類是也曰衰者何如周道衰於幽厲漢政衰於元成之類是也曰復者何如少康之布德太甲之思庸宣王之修明文武之功之類是也晉惠中宗則異於是所謂反正者也故附見之此蔣乂之論也惠帝既復而奪之何也答其爲賈后所制至廢其子以成中外之亂德之

不剛也德之不剛君道失矣猶中宗改號而韋后與政使武氏之燼復著也曰與者何存之之謂也有必當與者有不得不與者照烈帝室之胄卒續漢祀必當與者也晉之武帝元魏之孝文不得不與者也照烈進魏其存乎曰莽操之惡均却莽而納操誠何心哉黨魏媚晉陳壽不足責也而曰不取於漢取於羣盜之手其獎篡乎魏晉而下訖於梁陳狃于篡弑若有成約今日爲公爲相國明日進爵而王矣今日求九錫明日加天子冕旒稱警蹕矣今日僭卽皇帝位

降其君爲王爲公明日害之而踣于朝堂矣吁出乎爾者反乎爾其亦弗思矣乎史則書之受禪先儒則目曰正統訓也哉曰晉不以爲得者何斥其攘魏也斥而與之何也順生順逆生逆天也天之所假能靡之哉曰後乎此者不得與斯何也惡之也何惡之惡其長亂也不然亂臣賊子曷時而已乎公羊曰錄內而略外舍劉宋取元魏何也痛諸夏之無主也大明之日荒淫殘忍抑甚矣中國而用夷禮則夷之夷而進於中國則中國之也且肅宗掃清鉅盜廻軫京闕

不曰復而曰與何也纍其自立也五代而與明宗柴郭何也賢明宗之有王者之言也願天早生聖人是也周祖以其厚民而約已也世宗不死禮樂庶乎可興奈何不假之年而使格天之業殞於垂成也曰陷者何夏之有窮浞漢之有諸呂新室晉之永嘉之禍唐之武韋安史巢溫之僭叛是也始皇十年而從陷例何也曰置秦於大亂不道者始皇也誘始皇於太亂不道者李斯也人主之職在掄一相是年也斯之復相之年也惡惡者疾故揭爲不哲之鑑以著輔相

之重也曰景帝即位之初明帝之永平八年而書陷者何以短通喪而啓異端也短通喪者滅天性也啓異端者亂天常也雖出承平之令主而不正其失何以嚴後世之戒曰絕者自絕之也桀紂胡亥之類是也曰歸者何以唐虞雖有丹朱商均而謳歌獄訟歸於舜禹桀紂在上而天下臣民之心歸於湯文矣曰漢之建安十三年繫之劉備何也以當陽之役也夫我不絕於民民其絕我乎詩之皇矣乃眷西顧求民之莫斯其旨也商紂之交紂德爾耳悠悠上天不忍

孤民之望亟求所以安之而其意常在乎文王之所以潛德言也曰歸或附之以陷何也示無二君也敢問唐虞之禪夏后殷周之繼存而不論何也曰聖人筆削之矣起於周敬王之癸亥何也曰痛聖人旣沒微言之不聞也而周之世書秦之事何也著其漸也秦之僭叛不能制則周之弱見矣秦人承三代之餘混疆宇而一之師心自恣絶滅先王典禮而專任執法之吏厲階旣作流毒不已嗚呼王道之不明賞罰之不修久矣然則發天理之誠律人情之僞舍是孰

先焉曰通載者二帝三王致治之成法桀紂幽厲致亂之已事也曰通議者秦漢六朝隋唐五季所以興亡之實跡也因以仰述編年之例具錄而無遺索其梗槩不過善可以爲訓惡可以爲戒而已前哲之旨果中於理所取也敢强爲之可否苟有外於理所去也必補之以鄙見者將足成其良法美意也而忍肆爲斬絶不根之論徒涉於乖戾耶蓋得失不爾則不著善惡不爾則不分勸戒不爾則不明雖綿歷百千世而正統之爲正統昭昭矣卓然願治之君苟察斯

言而不以人廢日思所以敦道義之本塞功利之源則國家安寧長久之福可坐而致其爲元元之幸不厚矣乎

測圓海鏡序

李冶

數本難窮吾欲以力强窮之彼其數不惟不能得其凡而吾之力且憊矣然則數果不可以窮耶旣已名之數矣則又何爲而不可窮也故謂數爲難窮斯可謂數爲不可窮斯不可何則彼其冥冥之中固有昭昭者存夫昭昭者其自然之數也非自然之數其自

然之理也數一出於自然吾欲以力强窮之使隷首復生亦未如之何也已苟能推自然之理以明自然之數則雖遠而乾端坤倪幽而神情鬼狀未有不合者矣予自㓜喜算數恒病夫考圓之術例出於牽强殊乖於自然如古率徽率密率之不同截弧截矢截背之互見內外諸角折會兩條莫不各自名家與世作法及反覆研究率卒無以當吾心焉老大以來得洞淵九容之說日夕玩繹而鄉之病我者始礫然落去而無遺餘山中多暇客有從余求其說者於是乎

又爲衍之遂累一百七十問既成編客復目之測圓海鏡蓋取夫天臨海鏡之義也昔半山老人集唐百家詩選自謂廢日力於此良可惜明道先生以上蔡謝君記誦爲玩物喪志夫文史尚矣猶之爲不足貴況九九賤技能乎嗜好酸醎平生每痛自戒敕竟莫能已類有物憑之者吾亦不知其然而然也故嘗私爲之解曰由技進乎道者言之石之斤扁之輪庸非聖人之所予乎覽吾之編察吾苦心其憫我者當百數其笑我者當千數乃若吾之所得則自得焉耳寧

復爲人憫笑計哉時戊申秋九月晦日欒城李冶序

大定治績序

王　磐

臣聞假器莫便於比隣取法莫宜於近代殷有天下監於夏周有天下監於殷漢之論事者每借秦以爲喻唐之進言者多引隋以爲比豈不以時代相接耳目見聞有以關其慮而動其心乎金有天下凡九帝共一百二十年其守成之善者莫如世宗故大定三十年間時和歲豐民物阜庶鳴雞吠犬煙火萬里有成康漢文景之風夫有以致之必有所以致之者蓋

不徒然也謹就實錄中摭其行事一百八十餘件名曰大定治績以備乙夜之覽其於聖天子稽古之方不無萬分之一助云至元二年春二月十一日翰林直學士朝請大夫知制誥同修國史臣王磐翰林侍講學士太中大夫知制誥同修國史兼太常卿臣徐世隆翰林學士承旨資善大夫知制誥兼修國史臣王鶚等上進

楊紫陽文集序

趙復

君子之學至於王道而止學不至於王道未有不受

變於流俗也三代聖人以心學傳天下後世見於伊尹傳說之訓君子將終身焉明王不興諸子各以其意而言學學者不幸而不得見古人之全體蓋桓文功利之說興而羲堯舜文之意泯矣春秋而降如叔向子産蘧伯玉季札之流以夏商君子之資不得少效於王官去而爲列國之名卿材大夫其功業之隆癉已較著矣賈生仲舒有其具而不得施或者毎爲之掩卷而深悲玄齡如晦有其時而亡具已甚慙德於斯文多矣凜然正氣惟諸葛孔明王景略諸人不

爲流俗之所回奪然而隨世就功周旋於散微之末
巳又不能無偏而不起之患大抵君相造命之地既
巳曖昧不明而瞽宗米廩教養之法因以廢格不舉
故雖有命世絶異之材卒亦不能邇也非其不能邇
也而其故則可知巳雖然待文王而後興者凡民也
若夫豪傑之士雖無文王猶興其建於今惟秦君子
楊氏其志其學粹然一出於正蓋自其爲諸生固巳
無所不闚坐是重困於有司之衡石晚居洛陽著書
數十萬言沉浸莊騷出入遷固然後折衷於吾孔孟

之六經其言精約粹瑩而條理膚敏至於總八例以明正統之分合作通解以辨蘇韓之純疵其他若槩言雜著等說皆近古之知言名教中南宮雲臺也綿不云乎予曰有疏附予曰有先後予曰有奔走予曰有禦侮殆近然邪先生資機敏而明通卽其文可以得其爲人蓋君子學以爲巳必有所入之地唐韓愈氏以雖義而不取爲主先生讀之自以爲渙然不逆於心使其得君行道推是心以列諸位實王道之本原雖不能盡充其說退而斂然以是私淑諸巳先生

固已得之矣觀其神明心德之所感通游居酬酢燕笑語處皆海内知名之士夫然後以秦晉爲戶庭燕趙爲郛郭齊魯爲府庫雄河太華爲杯案奔肆横放而益趣於約正大高明篤實輝光遺落小夫竿櫝佔畢呻吟之習嗚呼學之爲王者事猶元氣之在萬物作之則起抑之則伏然莫先於嚴誠僞之辨誠僞定而王霸之略明矣門人員擇畚侍函丈偏得紫陽之道攟摭遺槀釐爲八十卷將攻梓以惠後學自洛抵燕千里介書俾不肖爲說以冠其首内顧庸虛屏若

無營而辭旨悃愊牢不容避輙述其梗槩如此學者當自得於過半之思非尺喙所能盡也先生名奐字煥然甫世爲關中右姓紫陽其自號云丙午嘉平節前鄉貢進士雲夢趙復拜手序

通鑑前編序

金履祥

朱子曰古史之體可見者書春秋而已春秋編年通紀以見事之先後書則每事別紀以具事之始末意者當時史官既以編年紀事至於大事則又採合而別記之若二典所記上下百有餘年而武成金縢諸

篇或更數月或歷數年其間豈無異事蓋必已具於編年之史而今不復見矣履祥按竹書紀年載三代以來事迹然詭誕不經今亦不可盡見史記年表起周共和庚申之歲以上則無紀焉歷世浸遠其事往往雜見於他書靡適折衷邵子皇極經世獨紀堯以來起甲辰爲編年曆胡氏皇王大紀亦紀甲辰以下之年廣漢張氏因經世之年頗附以事顧胡過於詳而張失之簡今本之以經翼之以史子傳記附之以諸家之論且考其繫年之故解其辭事辨其疑誤如

東萊呂氏大事記而不敢倣其例起帝堯元載止周威烈王二十二年接于資治通鑑名曰通鑑前編昔司馬公編輯通鑑先爲長編蓋長編不嫌於詳而通鑑則取其要也後之君子或有取於斯焉要删之以爲通鑑前紀是亦區區之所望也

新註資治通鑑序

胡三省

古者國各有史以紀年書事晉乘楚檮杌雖不可復見春秋經聖人筆削周轍既東二百四十二年事昭如日星秦滅諸侯燔天下書以國各有史刺譏其先

疾之尤甚詩書所以復見者諸儒能藏之屋壁諸國史記各藏諸其國國滅而史從之至漢時獨有秦記太史公因春秋以爲十二諸侯年表因秦記以爲六國年表三代則爲世表當其時黄帝以來諜記猶存具有年數子長稽其歷譜諜終始五德之傳咸與古文乖異且謂孔子序書略無年月雖頗有然多闕夫子之弗論次蓋其慎也子長述夫子之意故其表三代也以世不以年汲冢紀年出於晉太康初編年相次起自夏殷周王魏哀王之二十年此魏國史記脱

秦火之厄而晉得之子長不及見也子長之史雖爲
紀表書傳世家自班孟堅以下不能易雖以紀紀年
而書事略甚蓋其事分見志傳紀宜略也自荀悅漢
紀以下紀年書事世有其人獨梁武帝通史至六百
卷侯景之亂王僧辯平建業與文德殿書七萬卷俱
西江陵之陷其書燼焉唐四庫書編年四十一家九
百四十七卷而王仲淹元經十五卷蕭穎士依春秋
義類作傳百卷逸矣今四十一家書存者復無幾乙
部書以遷固等書爲正史編年類次之蓋紀傳表志

之書行編年之書特以備乙庫之藏耳宋英宗皇帝命司馬光論次歷代君臣事迹爲編年一書神宗皇帝以鑑于往事有資於治道賜名曰資治通鑑且爲序其造端立意之由温公之意專取關國家盛衰繫生民休戚善可爲法惡可爲戒者以爲是書治平熙寧間公與諸人議國事相是非之日也蕭曹畫一之辯不足以勝變法者之口分司西京不豫國論專以史局爲事其忠憤感慨不能自已於言者則智伯才德之論樊英名實之説唐太宗君臣之議樂李德裕

牛僧孺爭維州事之類是也至黃幡綽石野諸俳諧之語猶書與局官欲存之以示警此其微意後人不能盡知也編年豈徒哉世之論者率曰經以載道史以記事史與經不可同日語也夫道無不在散於事爲之間因事之得失成敗可以知道之萬世亡弊史可少歟爲人君而不知通鑑則欲治而不知自治之源惡亂而不知防亂之術爲人臣而不知通鑑則上無以事君下無以治民爲人子而不知通鑑則謀身必至於辱先作事不足以垂後乃如用兵行師創法

立制而不知迹古人之所以得鑑古人之所以失則求勝而敗圖利而害此必然者也孔子序書斷自唐虞訖文侯之命而繫之秦魯春秋則始於平王之四十九年左丘明傳春秋止哀之二十七年趙襄子惎智伯事通鑑則書趙興智滅以先事以此見孔子定書而作春秋通鑑之作實接春秋左氏後也温公徧閱舊史旁採小說抉擿幽隱會萃爲書勞矣而修書分屬漢則劉攽三國訖于南北朝則劉恕唐則范祖禹各因其所長屬之皆天下選也曆十九年而成則

合十六代一千三百六十二年行事爲一書豈一人心思耳目之力哉公自言修通鑑成惟王勝之借一讀他人讀未盡一紙已欠伸思睡是正文二百九十四卷有未能徧觀者矣若考異三十卷所以參訂羣書之異同俾歸于一目錄三十卷年經國緯不特使諸國事雜然並錄者粲然有别而已前代歷法之更造天文之失行實著於目錄上方是可以凡書目錄觀邪先君篤史學淳祐癸卯始患鼻衄讀史不暫置濺血漬書遺跡故在每謂三省曰史漢自服虔應劭

至三劉注解多矣章懷注范史漢松之注陳壽史雖間有音釋其實廣異聞補未盡以示傳洽晉書之楊正衡唐書之竇苹董衝吾無取焉徐無黨註三代史粗言歐公書法義例他未之及也通鑑先有劉安世音義十卷而世不傳釋文本出於蜀史炤馮時行爲之序今海陵板本又有温公之子康釋文與炤本大同而小異公休於書局爲檢閱官是其得温公辟咡之教詔劉范諸公羣居之講明不應乖剌乃爾意海陵釋文非公休爲之若能刊正乎三省捧手對曰願

學焉乙巳先君卒盡瘁家蠱又從事科舉業史學不敢廢也寶祐丙辰出身進士科始得大肆其力於是書游宦遠外率攜以自隨有異書異人必就而正焉依陸德明經典釋文釐爲廣註九十七卷著論十篇自周訖五代略叙興亡大致咸淳庚午從淮壖歸杭都延平廖公見而韙之禮致諸家俾讎校通鑑以授其子弟爲著讐校通鑑凡例廖轉薦之賈相國德祐乙亥從軍江上言輒不用既而軍潰開道歸鄉里丙子浙東始騷辟地越之新昌師從之以孥免失其書

亂定反室復購得他本爲之註始以考異及所註者散入通鑑各文之下歷法天文則隨目錄所書而附註焉迄乙酉冬乃克徹編凡紀事之本末地名之同異州縣之建置離合制度之因革損益悉疏其所以然若釋文之舛謬悉改而正之著辯誤十二卷嗚呼註班書者多矣晉灼集服應之義而辯其當否臣瓚總諸家之說而駁以已見至小顏新註則又譏服應之疎紊尚多蘇晉之剖斷蓋尠訾臣瓚以差爽詆蔡謨以牴牾自謂窮波討源搆會甄釋無復遺恨而劉

氏兄弟之所以議顔者猶顔之議前人也人苦不自覺前註之失吾知之吾註之失吾不能知也又古人註書文約而義見今吾所註博則博矣反之於約有未能焉世運推遷文公儒師從而凋謝吾無從而取正咸勉以北學於中國嘻有志焉然吾衰矣旃蒙作噩冬十有一月乙酉日長至天台胡三省身之書

文獻通考序

馬端臨

昔荀卿子曰欲觀聖王之跡則於其粲然者矣後王是也君子審後王之道而論於百王之前若端拜而

議然則考制度審憲章傳聞而強識之固通儒事也詩書春秋之後惟太史公號稱良史作爲紀傳書表紀傳以述理亂興衰八書以述典章經制後之執筆操簡牘者卒不能易其體然自班孟堅而後斷代爲史無會通因仍之道讀者病之至司馬溫公作通鑑取千三百餘年之事迹十七史之紀述萃爲一書然後學者開卷之餘古今咸在然公之書詳於理亂興衰而略於典章經制非公之智有所不逮也編簡浩如煙埃著述自有體要其勢不能以兩得也竊嘗以

爲理亂興衰不相因者也晉之得國異乎漢隋之喪邦殊乎唐代各有史自足以該一代之始終無以參稽互察爲也典章經制實相因者也殷因夏周因殷繼周者之損益百世可知聖人蓋已預言之矣爰自秦漢以至唐宋禮樂兵刑之制賦歛選舉之規以至官名之更張地理之沿革雖其終不能以盡同而其初亦不能以遽異如漢之朝儀官制本秦規也唐之府衛租庸本周制也其變通張弛之故非融會錯綜原始要終而推尋之固未易言也其不相因者猶有

溫公之成書而其本相因者顧無其書獨非後學之所宜究心乎唐杜岐公始作通典肇自上古以至唐之天寶凡歷代因革之故粲然可考其後宋白嘗續其書至周顯德近代魏了翁又嘗作國朝通典然宋之書成而已無使魏嘗屬藁而未成書今行於世者獨杜公之書耳天寶以後蓋缺焉有如杜書綱領宏大考訂該洽固無以議為也然時有古今述有詳略則夫節目之間未為明備而去取之際頗欠精審不無遺憾焉蓋古者因田制賦賦乃米粟之屬非可析

之於田制之外也古者任土作貢貢乃包篚之屬非可雜之於稅法之中也乃若叙選舉則秀孝與銓選不分叙典禮則經文與傳注相汨叙兵則盡遺賦調之規而姑及成敗之迹諸如此類寧免小疵至於天文五行藝求歷代史各有志而通典無述焉馬班二史各有諸侯王列侯表范曄東漢書以後無之然歷代封建王侯未嘗廢也王溥作唐及五代會要首立帝系一門以叙各帝歷年之久近傳授之始末次及后妃皇子公主之名氏封爵後之編會要者倣之而

唐以前則無其書凡是二者蓋歷代之統紀典章係焉而杜書亦復不及則亦未爲集著述之大成也愚自蚤歲蓋嘗有志於綴緝顧百罹熏心二餘少暇吹竽已濫汲綆不修豈復敢以斯文自詭昔夫子言夏殷之禮而深慨文獻之不足徵釋之者曰文典籍也獻賢人也生乎千百載之後而欲尚論千百載之前非史傳之實錄具存可以稽者先儒之緒言未遠足資討論雖聖人亦不能臆爲之說也竊伏自念業紹箕裘家藏墳素插架之收儲趨庭之問答其於文獻

益庶幾焉嘗恐一旦散軼失墜無以屬來哲是以忘其固陋輒加考評旁搜遠紹門分彙別曰田賦曰錢幣曰戶口曰職役曰征榷曰市糴曰土貢曰國用曰選舉曰學校曰職官曰郊社曰宗廟曰王禮曰樂曰兵曰刑曰輿地曰四裔俱倣通典之成規自天寶以前則增益其事迹之所未備離析其門類之所未詳自天寶以後至宋嘉定之末則續而成之曰經籍曰帝系曰封建曰象緯曰物異則通典元未有論述而採摭諸書以成之者也凡敘事則本之經史而參之

以歷代會要以及百家傳記之書信而有證者從之乖異傳疑者不錄所謂文也凡論事則先取當時臣僚之奏疏次及近代諸儒之評論以至名流之燕談稗官之紀錄凡一話一言可以訂典故之得失證史傳之是非考則採而錄之所謂獻也其載諸史傳之紀錄而可疑稽諸先儒之論辨而未當者研精覃思悠然有得則竊著已意附其後焉命其書曰文獻通考爲門二十有四爲卷三百四十有八其每門著述之成規考訂之新意則各以小序詳之昔江淹有言

修史之難無出於志誠以志者憲章之所繫非老於典故者不能爲也陳壽號善叙述李延壽亦稱究悉舊事然所著一史俱有紀傳而獨不克作志重其事也況上下數千年貫串二十五代而欲以末學陋識操觚竄定其間雖復窮老盡氣劌目鉥心亦何所發明聊輯見聞以備遺亡耳後之君子儻能芟削繁蕪增廣闕略矜其仰屋之勤而俾免於覆瓿之愧庶有志於經邦稽古者或可考焉

六書故序

戴侗

侗也聞諸先人曰學莫大乎格物格物之方取數多者書也天地萬物古今萬事皆聚於書書之多學者常病乎不能盡通雖然有文而後有辭書雖多總其實六書而已六書既通參伍以變觸類而長極文字之變不能逃焉故士惟弗學學必先六書古之教者子生十年始入小學則教以六書六書也者入學之戶門學者之所同先也以爲小學者過矣由秦而下六書之學遂廢雖有學焉者徃徃支離傅會而不適於通至於曲藝小技下爲曹伍故士益不屑而其學

益不講千載而下殆無傳焉夫不明於文而欲通於辭不通於辭而欲得於意是聾於律而議樂盲於度而議器也亦誣而已矣先人既以是教於象且欲因許氏之遺文訂其得失以傳於家塾而不果成小子懼先志之隊爰摭舊聞輯成三十三卷通釋一卷其所不知固闕如也即其所知亦焉敢自是乎哉姑藏家塾以俟君子

釋奠儀注序

張　顔

禮曰皮弁祭菜示敬道也禮書殘缺釋奠釋菜名義

徒存儀文無可考者唐開元禮彷彿儀禮饋食篇節文爲詳朱文公謂政和新儀差錯獨於開元禮有取申明至于再三竟格不下身沒之後郡邑放而行之能通其義者尠矣中原文物肇開四方取則舍魯奚適闕里昔罹兵革宮室荆榛葢二十年牲殺器皿衣服不備勢使然也而儀章度數固多可議者象設非古也開元禮猶云設席是無象也高臺巍坐而席地之禮不可見帶劒秦漢冠服之飾也開元禮朝會猶有解劒之席冕服挾劒未之有聞二者之失所從來

久矣神位西坐東向尸位也配位東坐西向主人位也自尸禮廢禮家謂自內出者無匹不行自外至者無主不止故立神以配而爲主焉開元以後遷神位南面配位猶故也進顏孟南向參列如浮圖老子宫者孔氏祖庭廣記謂金大定十四年所行何所稽乎楹間兩階五齊三酒以四代之器爲備物之享也列數甒缶果爲何說尸尊不就洗禮也登壘爵於牀洗者以尸尊自居犧象不錯諸地主人遂不坐實爵簡亦甚矣幣之未薦置諸神位之左示不敢褻陳之階

起與主人俱升則不嚴矣益事由草創未之講也予典教于茲思有以正之顧不學雜服不能安禮而雖善無徵無徵不信乃取朱文公所考訂自儀禮開元禮而下裒爲一編命學徒肄習且與講說義數使之入耳著心既知義理之安將不期改而自改併附社稷風雨雷之祀庶幾好禮者有取焉抑禮有本有文是書所載文也習禮之士因文而究其本知交於神明者不徒籩豆之事微之顯誠之不可揜也如此則可謂知禮矣若夫器樂冠服之度則又博採諸家之

說從其是者訂其失者與此編并藏孔氏俾後來之
文獻有足徵云

元文類卷之三十三

元　趙郡蘇天爵伯脩父編次
太原王守誠君實父校訂

序

莊周夢蝶圖序　劉因

周寓言夢爲蝴蝶予不知何所謂也說者以爲齊物意者以蝶也周也皆幻也幻則無適而不可也無適而不可者乃其所以爲齊也謂之齊謂之無適而不可固也然周烏足以知之周之學縱横之變也葢失

志於當時而欲求全於亂世然其材高意廣有不能自已者是以見夫天地如是之大也古今如是之遠也聖賢之功業如是之廣且盛也而巳以渺焉之身橫於紛紛萬物間無幾時也復以是非可否繩於外得喪壽夭困於內而不知義命以處之思以詫夫家人時俗而爲朝夕苟安之計而不可得姑渾淪空洞舉事物而納之幻或庶幾焉得以猖狂恣肆於其間以妄自表於天地萬物之外也以是觀之雖所謂幻者亦未必眞見其爲幻也幻且不知又惡知夫吾之

所謂齊也又惡知夫吾之所謂無適而不可也有道以爲之主焉故大行而不加窮居而不損隨時變易遇物賦形安往而不齊安往而不可也此吾之所謂齊與可者必循序窮理而後可以言之周則不然一舉而納事物于幻而謂窈冥恍惚中自有所謂道者存焉噫鹵莽厭煩者孰不樂其易而爲之得罪於名教失志於當時者孰不利其說而趨之在正始熙寧之徒固不足道而失之所謂大儒一遇困折而姑藉其說以自遣者亦時有之要之皆不知義命而已矣

雖然周已矣其遺説亦其夢中之一栩栩也吾從而辯之宜無與於周矣然以周觀之則不若休之以天均故即其圖而戲之曰圖汝者畫辯汝者書書與畫無知也圖汝者之心及吾之辯汝之心未發無有也既發亦無有也以其無所知無所有者而觀之安有彼是既無彼是安有是非周而有知則必曰吾惡乎知之使讀者作色於前發笑於後乃所以齊之也圖者皐落楊内翰而序圖者劉因繼序而題詠者京師之才大夫也

續後漢書序

郝經

漢建安末曹氏廢漢自立稱魏孫氏據江左僭號稱吳昭烈以宗子繼漢即位于蜀討賊恢復卒莫能一而入于晉晉平陽侯相陳壽故漢吏也漢亡仕晉作三國志以曹氏繼漢而不與昭烈稱之曰蜀鄙爲偏霸僭僞於是統體不正大義不明紊其綱維故稱號論議皆失其正哀帝時滎陽太守習鑿齒著漢晉春秋謂三國蜀以宗室爲正魏雖受漢禪晉尚爲簒蜀平而漢始亡上疏請越魏繼漢以正統體不用朱元

嘉中文帝詔中書侍郎裴松之採三國異同凡數十家以註壽書補其闕漏辨其舛錯績力雖勤而亦不能更正統體歷南北隋唐五季七百有餘歲列諸三史之後不復議爲也宋丞相司馬光作通鑑始更蜀曰漢仍以魏紀事而昭烈爲僭魏至晦庵先生朱熹爲通鑑作綱目黜魏而以昭烈章武之元繼漢統體始正矣然而本史正文猶用壽書經嘗聞縉紳先生餘論謂壽書必當改作竊有志焉中統元年詔經持節使宋告登寶位通好弭兵宋人館留儀真不令進

退乃破藁發凡起漢終晉以更壽書作表紀傳錄諸序議贊十二年夏五月借書於兩淮制使印應雷得二漢三國晉書遂作正史以裴註之異同通鑑之去取綱目之義例參校刊定歸于詳實以昭烈纂承漢統魏吳爲僭僞十三年冬十月書成年表一卷帝紀二卷列傳七十九卷錄八卷共九十卷號曰續後漢書奮昭烈之幽光揭孔明之盛心祛操丕之鬼蜮破懿昭之城府明道術闢異端辨姦邪表風節甄義烈核正僞曲折隱奧傳之義理徵之典則而原於道德

推本六經之初苴補二史之後千載之敝一旦廓然矣古之爲書大抵聖賢道否發憤而作屈平離騷馬遷史記皆是也然皆曀昧一時流光百世故韓愈謂以彼校此孰得孰失今拘幽之極而集是書葢亦古人之志也

胡氏律論序　熊朋來

上古造律其次聽律其後筭律虞書周禮有聽律之官無筭律之法典同所謂數度爲樂器言之至於律同合聲陽左旋而陰右轉觀其次序不以筭法論矣

六觚一握自秦棰下史得此書以行于漢至今惟班馬猶可徵其餘言上下生異同甄漢中以禮運旋宮著在筭術因除如法而不免承後漢志之誤後志誤於京氏準法禮記疏亦與吕春秋淮南子同一説是上下生且不定何以筭律哉律吕各自爲法則乾坤六體之序定矣同位娶妻隔八生子之象著矣倍因四因一損一益之筭均矣若曰自子至午上生者七自未至亥下生者五既非子午中分使丑午連并上生而三吕用倍之意荒矣後志十二律之實襍以準

法而筭家輙因仍用之以蕤賓夷則無射四因二除爲大吕夾鍾中吕之筭非律生吕筭例矣甄氏能辨其終於南事之非而不自知襲用後志之誤也或謂大吕爲六吕之首從後志則大吕得筭爲多是不然陽得當位陰得對衝律生吕自林鍾始非先林鍾也乃所以先大吕也十二宫終於中吕非中吕之窮也當應鍾之次也是故天統以黄鍾人統以太簇地統宜以大吕而以林鍾抗林鍾於大吕之位所以妃黄鍾而毋太簇則大吕夾鍾中吕在未酉亥之次皆從

下生之筭入用則加倍有律之半所以必有呂之倍也知此則上下生之誤不足辨用倍者其本法不用倍者筭家取疾約法其實一也若四清二變昔者固亦疑之李照苑景仁不能爭況陳暘以下託之空言乎樂器惟瑟有十二清而四清在其中不能通行於他器也吾觀中呂黃鍾之交知聲音有出於度數之外者無射之商夷則之角夾鍾之羽中呂之徵若彈絲吹竹擊拊金石聲音至此流轉自若也筭家以中呂求黃鍾殫其術而不能令乎十七萬七千一百四

十七之筭有以倍數四因之者則三分之不盡二筭而虧數已多有以正數四因之者則亦有一筭不行而虧數且過半矣三分不行之筭既未有以處之紀其餘分終有不盡之處持未定之筭而謂之黃鍾變律又推以爲林鍾大簇南吕之變甚者託名執始不自信其爲黃鍾從使人得以窺筭術之涯涘而黃鍾流行諸律本無間斷也筭法之起殆因律琯有長短此筭家因律以命術非律命於筭也猶之方田焉田生五穀豈知我爲圭箕弧環律和五聲豈知我爲正

變倍半皆筭家命之爾故曰古之爲鍾律者以耳齊其聲後人不能始假數以正其度雅樂之不可興聲音之學不傳也古者自小學已教之六樂九數今耄且罔知豈惟筭律哉若字音之學於儒者事最近而喉唇二音宮羽異説羽有喻毋而或以從角音徵有知毋而或以從商音剏曰其有能協于皇極之律呂哉豫章胡先生夙擢儒科隱居彭蠡之濱四十年矣使其得爲禮樂之官未必無補於制作而今老矣先生不求知於世世亦莫之知也朋來杜門弦瑟是日

以⿰豕生賓之角歌考槃有儒服來聽問其姓名曰桂山問從何來曰從胡先生來於是袖出方册曰先生之子惟子其序之昔西山蔡氏固疑呂春秋淮南子非本法本法則二呂用倍矣此書謂黍命於律律不命於黍吾於筭法亦云又謂空圍九分乃筭家內周非空中容九方分律有半呂有倍使用半用倍用變各有倫理凡以羽翼蔡氏之書非求異也當與本原辨證並傳世無所事雅樂則巳儻有志於制作將於是乎證焉先生深於卦象聲韻非止筭律也姑以是傳

世亦賢於漢中太守矣

鍾鼎篆韻序

熊朋來

鍾鼎篆韻自琱戈鉤帶及凡碑刻古篆皆在焉稱鍾鼎貴彝器也考工記金有六齊一曰鍾鼎之齊此鍾鼎之稱所從始曾鑄林鍾藏武仲論所以作彝器杜氏專言鍾鼎故祀器之款通曰彝類爲鍾卬爲鼎乃彝器之大者器必有文以傳遠若鼎盤量銘於經可見已自倉頡象形推類由是形聲相推而文字生焉周公之時未改籀已有六書之教孔子之時已改籀

尚存科斗之書秦法貴其國字孔氏及秦博士各藏之屋壁齊南口授猶可尋聲得字安國爲隸古定科斗書遂絶矣觀漢所得齊器周鼎栢寢之刻栒邑之銘皆有能按其款識者壁書半已誦傳旣曰定其可知又曰時人無能知知果不可知則隸書何憑直廢古從俗爾後日漢求古文遂不復可得削刓簡朽乃不如近代紙墨之傳易於流布唐初盛臨摹始有以楮搨碑碣爲墨本者東巡之石偃師之槃岐陽之鼓延陵季子之墓篆石刻而墨傳然猶未有能摹鍾鼎之

款者皇祐始命太常摹歷代器款爲圖三館之士不能盡識於是歐劉李呂者錄漸廣宣和以後爲書遂多博古圖之外有晏慧開蔡天啓趙明誠榮咨道董彥逺以至黄伯思翟耆年薛尚功諸家相繼論述彝鼎古器亦多出政宣之間物常聚於所好也初夏氏倣二徐韻例以唐韻繫古篆于時器款未備其間鍾鼎字文鈌略頗汎取俗書以備奇字亦未以鍾鼎名也政和中王楚作鍾鼎篆韻矣薛氏承龍眠之舊圖其帖始於瑚戈因王楚之成書其韻謂之重廣乙卯

癸亥一再脫藁宜無遺字而帖之所載韻或鈌焉商
鍾有釋文韻則曰無音釋石鼓巳載帖韻則無取鼓
自韋韓過於稱許適滋羣疑翟氏評周宣遺蹟亟稱
吉日碑而疑鼓刻於維字疑其不類古款於以可疑
其意不逮筆於椰帛君庶等字疑其促長引短以取
稱夾㴱疑秦篆茌平馬氏疑宇文周所爲然此以論
篆非論韻也今爲篆韻復安問此固以多文爲富爾
舊刻夏薛諸韻臨移失眞昔人所以嘆煙墨而悲紙
竹也臨江楊信父參訂舊字博採金石奇古之蹟益

以奉符黨氏韻補夏薛所未收徵余爲序其篆則夏商周秦之篆而韻則唐韻也姑以是記字爾鈿金戈帶之文一時也夾鍾昭鈴之刻又一時也由古篆下迄斯冰有不可比而同之者亦有籀古錯落散在召陵公乘之書或古文閱世而後出或後人倣古而近似審而用之存乎其人矣或曰鍾鼎韻之作以備篆刻字文爾刻符摹印亦書學之一家馬援不守章句而好論篆文當其拜伏波將軍也上書言臣所假伏波將軍印文伏字大外嚮又言成皋令印皐字從白

下羊丞印四下羊尉印白下入入下羊印一縣長吏印文不同非所以爲信事下大司空正郡國印章令按伏旁從犬能無外嚮之筆阜非從羊是乃諧聲之字記東觀者未有一言以辯之印文職在司空掌以少府猶或譌異況於香奩家記銅龜私印高平刻鵲瑞之章元暉奉虎兒之字私志姓字者蓋不可勝紀若嘯堂所錄其來久矣歐陽公平生惟一字記名後儒求多焉人之好古者鮮矣於記姓名則或好古篆抑好而不能察不如其不知好者也自玉篇起說文

棄俗書易籀學廢豈惟字書哉音釋行世而詩書易不復存古音韻略試士而字音不復通古韻古學雖不止字書辟如剖竹由末而至本是或一道也嘗歎漢法試吏人諷史籀之書童習倉頡之教字學猶近古也漢求能讀古字者必徵齊人以所聞伏生可以考論傳稱山東太師能言尚書齊語相授也孝宣命張敞受齊學遂能讀鼎刻以致通顯京兆餘暇遑及古書無以大其師傳杜鄴從敞子吉得緒餘亦以小學名家至於張敞受學所徵之師史乃逸其姓名謏

曰齊人而已每閱漢史未嘗不爲斯人歎今信父有
力於篆韻盡書其名氏無若齊人然信父名鉤以字
行

授時曆轉神注式序　楊桓

近古曆法必注人事動作吉凶之説其式圖太歳統
吉凶之神於帙端令人知一歳之向背也又注節氣
日躔及天道所向天德月厭月殺月德月合月空月
之六候三白圖於逐月之下又令人知一月之向背
也又注干支於十日下注五行納音於干支下注月

建十二於納音下注二十八宿於月建下合是數者
通取轉神之名以爲吉凶之由轉神者言其神隨時
輪轉而無定位也日是日遇某神作某事吉作某事
凶又注天恩天赦毋倉天德嫁娶修宅等一切吉凶
宜忌雜法於其下事之洪纖一舉足一動手皆知所
以擇地擇時而行之也然經涉世代不免有去取失
當之弊有司狃於習常無所改正亦已久矣聖上以
聰明神筭統一六合萬機之暇因知大明曆之度有
積久之差乃更立太史院命道德藝明之神楸置表

儀測驗推步迎天道揆日景察往知來研精極微新
其曆而敕賜名曰授時其以鳥火虛昴爲日中宵中
日永日短之驗以正四時之遺制蓋不敢失於古然
曆注之義謂吉凶應於人皆有所動年月日方之善
惡不無乖於作善降祥作不善降殃之理雖然至教
所寓無往不存原夫曆注之初亦所以教天下之敬
愼也天下之事敬愼則致成而吉否則致敗而凶曆
注之義微矣哉特患夫用知者知其流而不能推其
原也誠能推其原其於作善降祥作不善降殃之理

渾然爲一體矣復何乖之有今依舊式爲之損益立辭太重者輕之闕脱者補之衍餘者損之位置失當者移之事涉鄙俚者删之既成定爲轉神一卷上中下注式一十二卷上以備御用中以備靑宫之用下以授庶官及億兆之民也嗚呼自古聖人之受天命其於天之所以仁萬物者無不致其極也授時曆存近古轉神之注於日下使人趍吉而遠凶亦所以資聖主仁億兆之大端歟

送進士梁彦中序

姚登孫

皇慶二年冬制詔天下以明年八月賓興士東平梁
宜彥中繇國子伴讀教授開平路至是以選會試禮
部奏其名延祐二年三月賜進士及第擢同知邳州
事卽日至官句一言艷其行登孫欽惟聖天子奮然
舉百年之墜典將盡得天下儒者使服其官進耀文
雅裁抑刀筆命元臣大僚稱制延問子大夫論定以
及此也甚盛甚休然思昔之爲儒者日夜呻畢簡諒
冀有司萬一採錄數路並進得一命稱校官亦軒軒
有光華矣天下之人且鈌然曰使斯人得如古射策

决科卽晁董公孫當有其人迺今出是塗瀝一日長
卽秉象板卷兎册紆朱芾褫白衣其爲光華視昔何
如也凡朝廷爲是崇飾美觀委大賜於不報而已然
則其爲責望又何如也豈獨朝廷之意然哉將天下
寔望荷其效官臨事廉公以威貞固以幹平居吏民
有所憚緩急國家有所仗是則吾道之光非其一身
之榮也若夫昭昭於白日而昏暮或不保斤斤於小
明而大察或不及動引古人牽制文義投之紛錯茫
不知所爲守彼且圖視而起嘖曰文雅士固如是鄙

便習刀筆者爲是當不至是而世議紛紜有可惑焉者矣前之日人以我爲儒也曰必幾其用後之日人以我爲吏也曰必計其效效不效顧利害止其一身巳乎夫當儒者彙進亨會之一初而叢天下之望若是然則固於吾道大加賀也而有吾道之責者容得無慮邪彥中氣厚而質溫才裕而學周其在成均士胥器之討其有一州不足爲吾知其能廉以威且幹焉者方今聖天子右文之盛恩元臣大僚薦拔之至意其必去此而無所負且有以豁斯慮以爲吾道光也

古之君子愛其人則閔閔然望其成凡今繇科目奮他日公卿將相率是焉取世固於彥中有望某摶士也與彥中有同舍之義故無愛其一言

送騟秀才序　　何中

客有授中二賦及詩者讀之體裁高雅音節清妥中異之曰此深於昌黎韓子之文者果誰氏耶則以清江騟立對中蓋心之矣延祐丙辰夏始識於封溪之上貌癯而神腴與之言信好古者中益異之問何師曰師皮季賢氏則中友人也比年又嘗之武昌從王

佐才能觀復遊中又有以得其所從焉再見請曰立將造臨川山拜吳先生能一言以紹立其可中咲曰子奚見吳先生爲先生之學古學也科舉取士藝工則得學先生之學殆將不利於子子奚見吳先生爲立曰科舉外也雖求之不敢必得先生之學內也非必求安且得之能立取友四方多矣寘然而趨不知其九折之坂歟其四達之衢歟今距先生不十舍許願執箕膺揲而拚焉時先生之講說或聞一言守之終其身而不失豈不可乎中歎曰嗚呼世齷齪相濁

視貨財化居時逐虎噬而鷙攫山崇而海錄赫然盛氣勢慴孱豎腐息目睗睒而耳項縮凡不可致者皆可以指喉得初不必辨形聲校點畫於斯時也求其能事程試已若魯麟頡鳳祥蹄而瑞蹠矧能孤征重跰相從於寂寞之宅乎壯矣哉子之志也雖然中嘗聞夫子弟子凡三千人而孔氏家語遷史列傳纔七十有七至見於魯論者無幾人幸而親遇聖人之時又幸親游聖人之門姓名不少槩見何哉豈非歷聘諸國之際無智愚賢不肖羣而進退一再識焉而已

者不然何寡聞若是哉曾論諸子以能荅問故傳曾點漆雕開亞於回參者其言僅一見點猶從容數語開則一語而已儻非夫子有以發之則雖半語不可得而聞又孰知其爲見道也吾意孔門諸人固有勝於點開者世亦不得而悉也然則荅問之功又何少哉今吾非敢以夫子況先生亦非敢以孔門諸人擬子顧其理有相似然者嗚呼人嘗患思古人而不可得見不知今人或勝於古人亦未可知也乃常相慕於不可得見之時而每相忽於相值之日其得謂之

智乎前乎先生者固不知世復有斯人也後乎先生者豈無羨子之得見斯人者乎然則子之見也非幸歟子志夫古學者也宜有以問先生先生之答子也宜可以終身守之而不失也非止乎子之所已能也由其答問而有傳非幸而又幸者歟先生之見子也知子之嘗交於中也將以中乎問則以中之說而進焉因是而中之說亦傳非幸而又幸者歟

南唐書序

趙世延

天曆改元余待罪中執法監察御史王圭敬謂余曰

公向在南臺蓋嘗命郡士戚光纂輯金陵志始訪得南唐書其於文獻遺闕大有所考證裨助良多且爲之音釋焉因屬博士程熟等就加校訂鋟板與諸史並行之越明年余得告還金陵書適就光來請序按南唐本紀李昪系出憲宗四世間關困阨纔有江淮之地僅餘三十年卒不復振而宋滅之雖爲國褊小觀其文物當時諸國莫與之並其賢才碩輔固不逮蜀漢武侯而張延翰劉仁贍潘佑韓熙載孫忌徐鍇之徒文武才業忠節聲華炳耀一時有不可掩矧其

間政化得失興衰治亂之蹟有可爲世鑒戒者尤不可泯也竊謂唐末契丹雄盛虎視中原晉漢之君以臣子事之惟謹顧乃獨拳拳於江淮小國聘使不絶嘗獻槖駞并羊馬干討高麗亦歲貢方物意者久服唐之恩信尊唐餘風以唐爲猶未亡也邪宋承五季周統目爲僭僞故其國亡而史錄散佚不彰然則馬元康胡恢等迭有所述今復罕見至山陽陸游著成此書最號有法傳者亦寡後世有能秉春秋直筆究明綱目統緒之旨者或有所考而辯之始識其端以

俟君子余前忝史館朝廷命議修宋遼金三史而未暇他日太史氏復申前議必將有取於是書焉

傳古樓景印